LE CAFÉ DES AU REVOIR

Né en 1971 à Osaka, Toshikazu Kawaguchi est dramaturge et dirige le groupe théâtral Sonic Snail. *Tant que le café est encore chaud* est l'adaptation d'une pièce de sa société 1110 Productions qui a remporté le grand prix du 10e Festival dramatique de Suginami. Vendu à plus d'un million d'exemplaires au Japon, son roman est aujourd'hui un bestseller international. Après *Le Café du temps retrouvé* et *Le café où vivent les souvenirs*, *Le Café des au revoir* est le quatrième tome de la série.

Paru au Livre de Poche :

Le Café du temps retrouvé
Le café où vivent les souvenirs
Tant que le café est encore chaud

TOSHIKAZU KAWAGUCHI

Le Café des au revoir

ROMAN TRADUIT DU JAPONAIS PAR GÉRALDINE OUDIN

ALBIN MICHEL

Titre original :
SAYONARA MO IENAI UCHI NI
Chez Sunmark Publishing, Inc., Tokyo, Japon, 2021.

ISBN : 978-2-253-25676-2 – 1re publication LGF

Les événements décrits dans ce livre se déroulent un an après ceux de *Tant que le café est encore chaud.*

1

Le mari qui avait quelque chose d'important à dire

— Quoi que je fasse, la réalité ne changera pas ? demanda Monji Kadokura, incrédule.

Le pétale de fleur de cerisier qui était resté accroché dans ses cheveux poivre et sel tomba gracieusement au sol. Dans cette salle uniquement éclairée par des lampes à abat-jour qui diffusaient une lumière sépia, l'ambiance était feutrée et Kadokura était contraint d'approcher son carnet de son visage pour déchiffrer sa propre écriture.

— Qu'est-ce que ça signifie, concrètement ?

— Eh bien, prenez cette caisse enregistreuse, par exemple, répondit Nagare Tokita, le patron de l'établissement, en tapotant la machine.

Nagare mesurait près de deux mètres et avait les yeux aussi fins qu'un fil.

— C'est un modèle relativement ancien, du moins au Japon, et plutôt recherché, je crois. Afin de décourager les voleurs, elle pèse quarante kilos. Imaginons qu'un jour quelqu'un la dérobe malgré tout. La plupart des gens pensent qu'il me suffirait de retourner dans le passé pour la mettre à l'abri ou pour empêcher l'intrusion…

— Ça me semble logique.

— Pourtant, quelles que soient les mesures que je prenne, le cambrioleur trouvera un moyen de s'introduire ici et repartira avec la caisse, si bien cachée soit-elle.

— Intéressant. Sur quelles bases scientifiques vous appuyez-vous ? J'aimerais comprendre le rapport de cause à effet. Est-ce une sorte d'effet papillon ? demanda Kadokura, les yeux brillants.

— D'effet papillon ? répéta Nagare, dubitatif.

— C'est un concept formulé par Edward Lorenz pendant une conférence à l'American Association for the Advancement of Science, en 1972. Vous connaissez le dicton « Quand la pluie tombe, les fabricants de seaux s'enrichissent » ? C'est la même idée.

— Je vois.

— Cependant, si les changements effectués n'affectent pas le cours des choses, on ne peut pas parler d'effet papillon, ce qui est encore plus fascinant ! poursuivit Kadokura en griffonnant dans son carnet, ravi. On vous a communiqué ces règles sans plus d'explications, c'est bien ça ?

Nagare lança un coup d'œil à Kazu Tokita, qui se tenait à ses côtés, comme pour obtenir confirmation. Kazu était la serveuse de l'établissement, mais aussi la cousine de Nagare. Vêtue d'une chemise blanche, d'un gilet sans manches noir et d'un tablier de sommelier, elle essuyait les verres d'un air absent. Avec son teint clair et ses yeux en amande, elle était jolie, mais sans réelle présence. Son visage était de ceux qu'on oublie immédiatement après les avoir vus.

— Oui, répondit-elle.

Je l'avais complètement oubliée, elle, pensa Kadokura en suivant le regard de Nagare.

— J'en déduis que vous êtes venu ici dans l'espoir de revoir quelqu'un, professeur ?

— Ne m'appelez pas ainsi, mademoiselle Kiyokawa. J'ai quitté l'enseignement.

Par le passé, Fumiko Kiyokawa avait remonté le temps pour retrouver son ancien petit ami. Depuis, elle était devenue une habituée et fréquentait l'établissement presque chaque jour après son travail. Elle était assise au comptoir, près de la caisse.

— Vous vous connaissez ? demanda Nagare.

— Le professeur Kadokura enseignait l'archéologie dans mon université. C'est aussi un grand aventurier qui voyage dans le monde entier. Ses cours étaient passionnants.

— Vous êtes bien la seule de cet avis. Vous étiez une excellente élève, toujours première de la classe.

— Vous exagérez. Je suis mauvaise perdante, c'est tout.

Fumiko était modeste. Elle avait appris six langues en autodidacte dès le lycée et elle était sortie de l'université major de sa promotion. Kadokura n'en rajoutait absolument pas, il n'avait jamais oublié cette étudiante particulièrement douée.

— Alors, professeur ?

— Vous vous demandez ce qui m'amène ici ? Eh bien, j'aimerais parler une dernière fois avec mon épouse, murmura Kadokura en regardant ses bras croisés.

— Vous voulez dire qu'elle est…

Fumiko le dévisagea sans terminer sa phrase.

— Ah, non, elle est vivante !

L'expression de Fumiko se détendit, mais celle de Kadokura était toujours aussi sombre. Fumiko et Nagare, qui avaient compris qu'il y avait un « mais », attendaient la suite en silence.

— Elle est vivante, mais son cerveau a été endommagé dans un accident, et depuis, elle est réduite à l'état végétatif. Cela fera bientôt deux ans. En moyenne, l'espérance de vie des patients dans sa situation est de trois à cinq ans, au plus. Compte tenu de son âge, les médecins m'ont avisé qu'elle pouvait nous quitter à tout moment.

— Je comprends. Vous aviez l'intention de retourner dans le passé pour éviter que cet accident se produise, c'est cela ? Malheureusement, comme je vous l'ai expliqué tout à l'heure…

Kadokura secoua légèrement la tête.

— Ne vous inquiétez pas, je ne suis pas ici dans ce but. Si j'avais pu lui venir en aide, j'aurais bien sûr saisi l'occasion, mais je me suis fait une raison. Pour être honnête, à ce stade…

Il se gratta le front.

— … c'est la curiosité qui l'emporte, avoua-t-il en riant nerveusement.

— Comment ça ? demanda Fumiko, perplexe.

— Retourner dans le passé sans que cela affecte le présent, voilà une perspective séduisante, non ? répondit Kadokura sur un ton espiègle.

Puis il s'assombrit de nouveau et ajouta :

— Ça vous choque que je raisonne ainsi alors que ma femme est devenue un légume ?

— Pas du tout ! mentit Fumiko avec un sourire forcé.

— Elle en a vu de toutes les couleurs avec moi. L'archéologie me passionne depuis ma jeunesse et dans la vie, je n'en ai fait qu'à ma tête. J'ai sillonné le monde en quête d'aventures, il m'arrivait de ne pas rentrer chez moi pendant des semaines. Mon épouse veillait sur notre famille sans jamais se plaindre. Quand nos enfants ont quitté le nid et qu'on s'est retrouvés en tête à tête, je n'ai pas changé mes habitudes pour autant. J'ai continué à voyager en la laissant seule à la maison. Un jour, à mon retour, Mieko était un légume.

Kadokura avait parlé d'un trait. Il sortit de son carnet un cliché qui représentait un jeune couple. Nagare et Fumiko comprirent d'emblée qu'il s'agissait de lui et de son épouse. En y regardant de plus près, on pouvait voir, à l'arrière-plan, une horloge en pied qui semblait être l'une de celles du café.

— On devait avoir vingt-quatre ou vingt-cinq ans quand on a été photographiés ici. Avec un Polaroid.

— Comme les Instax mini ? demanda Fumiko.

— Je crois que c'est comme ça que ça s'appelle de nos jours. À l'époque, la photographie à développement instantané était très en vogue. La patronne de cet établissement possédait un appareil de ce genre et elle nous a donné ce cliché en souvenir.

— C'était ma mère. Elle a toujours aimé les gadgets à la mode, je suis sûr qu'elle voulait vous impressionner, expliqua Nagare.

Il haussa les épaules d'un air ironique.

— Où que j'aille, mon épouse insistait pour que j'emporte cette photo avec moi. Elle disait que c'était un porte-bonheur. Scientifiquement parlant, ça n'a bien sûr aucun sens, précisa Kadokura en secouant le cliché.

— Vous aimeriez remonter à ce jour-là ?

— Non. Je n'ai jamais remis les pieds ici, mais il semblerait que ma femme y retrouvait nos enfants, à l'occasion. Quitte à retourner dans le passé, je préférerais que ce soit deux ou trois ans avant son accident.

— Très bien.

Nagare jeta un regard furtif à la cliente en robe blanche qui occupait la table la plus éloignée de l'entrée. Elle avait de longs cheveux noirs et la peau si claire qu'elle en était presque translucide. Elle était plongée dans un livre.

— Avez-vous d'autres questions ?

Kadokura rangea la photographie dans son carnet puis, en le tenant de nouveau très près de son visage, relut la page sur laquelle il avait griffonné des notes quelques minutes plus tôt.

— Bon, j'aimerais revenir sur la règle selon laquelle rien de ce que l'on peut faire dans le passé n'influence le présent…

— Je vous écoute.

— Quand un visiteur venu du futur annonce quelque chose à quelqu'un, son interlocuteur se souvient-il de la conversation ?

— Je ne suis pas sûr de comprendre votre question, dit Nagare en fronçant les sourcils.

— Pardonnez-moi, j'aurais dû préciser ma pensée. J'ai bien intégré le fait que cette règle avait pour but d'empêcher que le présent ne soit altéré d'une façon ou d'une autre, mais je me demande si elle affecte également la mémoire.

Nagare n'avait toujours pas saisi.

— Autrement dit, j'aimerais savoir si les souvenirs de la personne prévenue du vol imminent de la caisse enregistreuse sont voués à être effacés ou déformés.

— Je vois, dit Nagare en croisant les bras.

— Alors ? intervint Fumiko.

— Eh bien…

Nagare ne savait pas quoi répondre. Non seulement il ne s'était jamais posé la question, mais il ne comprenait pas pourquoi Kadokura insistait sur ce point. À sa connaissance, personne, pas même Fumiko, ne s'en était préoccupé jusqu'alors. Comme on ne pouvait remonter le temps qu'une fois, la réponse aurait dû la laisser indifférente, mais elle se rangeait du côté de son ancien professeur.

Nagare plissa le front et les yeux. La sueur perlait sur ses tempes.

— Comment dire…

— Les règles n'affectent pas les souvenirs, intervint Kazu, qui avait terminé d'essuyer les verres et pliait maintenant des serviettes en papier.

Sa voix était cristalline. Elle ne s'était pas interrompue dans sa tâche.

— Parfois, les gens font semblant d'ignorer certaines choses. La personne qui aura été prévenue du vol de la caisse attendra comme si de rien n'était qu'il se produise. Ce n'est pas comme si elle n'était pas au courant. Elle se sentira mal à l'aise jusqu'au jour du cambriolage qu'elle sait inévitable. En revanche, la façon dont elle vivra cette période d'incertitude ne dépend que d'elle. Les souvenirs sont quelque chose de très individuel, tout comme les sentiments qu'ils font émerger. Les règles n'ont aucune influence là-dessus.

Le visage de Kadokura s'éclaira.

— C'est exactement ce que j'avais envie d'entendre. Ma décision est prise. Envoyez-moi dans le passé, avant l'accident de mon épouse, demanda-t-il en s'inclinant profondément.

— Comme vous voudrez, répondit Kazu, impassible.

Fumiko applaudit avec enthousiasme, tandis que Nagare écarquillait les yeux. Il ne s'agissait pas d'une nouvelle règle, mais la question de Kadokura avait mis au jour une subtilité.

C'est une nuance qui peut avoir son importance, pensa Nagare en regardant le plafond.

Kazu détailla à nouveau les autres règles, sans qu'aucune d'elles éveille l'intérêt du professeur. Lorsqu'elle mentionna l'interdiction de quitter sa chaise et la limite de temps, il répondit simplement : « Compris. » En revanche, quand elle lui apprit que la femme en blanc était un fantôme qui le maudirait s'il tentait de s'asseoir de force à sa place, ses yeux se mirent à briller comme ceux d'un enfant.

— J'ai du mal à croire que cette dame soit un spectre, mais je m'intéresse aux malédictions. C'est un thème qui revient souvent dans le monde de l'archéologie. J'ai lu de nombreux textes qui traitent de phénomènes paranormaux, toutefois les preuves scientifiques font défaut et je n'ai personnellement rencontré aucune victime de sortilège. J'aurais presque envie de tenter l'expérience, pour voir.

— Vous êtes sérieux ? s'écria Fumiko.

— Absolument ! C'est fascinant. Tout à l'heure, vous m'avez dit que cette femme vous avait jeté un sort. Qu'avez-vous ressenti ? Si j'essaie de m'asseoir à sa place, est-ce qu'elle me maudira, moi aussi ?

Nagare et Fumiko haussèrent les épaules.

On croirait entendre ma mère, pensa Nagare.

La mère de Nagare était une originale qui, à une époque, se qualifiait elle-même d'« aventurière ». Quand quelque chose piquait sa curiosité, elle était capable de déplacer des montagnes, mais elle ne tenait jamais compte des répercussions potentielles sur sa famille. Elle n'en faisait qu'à sa tête. Elle avait divorcé du père de Nagare avant la naissance de ce dernier, et elle avait immédiatement confié l'enfant à sa sœur, la mère de Kazu, avant de partir vivre à l'étranger. D'après la rumeur, elle résidait actuellement à Hokkaidô, mais comme Nagare n'avait pas ses coordonnées, il n'en était pas sûr.

L'épouse de ce professeur a dû en voir de toutes les couleurs, elle aussi.

Nagare ne pouvait s'empêcher de ressentir une certaine empathie pour la femme et les enfants de cet homme qui lui rappelait sa mère fantasque. C'est pourquoi il déclara froidement :

— Oui, mais je ne vous le recommande pas vraiment.

— Je vous en prie, implora Kadokura.

Son regard était déterminé, dans le mauvais sens du terme.

Oh non… Quoi que je dise, il ne renoncera pas. Nagare soupira intérieurement.

— D'accord, mais juste une fois…

— Merci infiniment !

Bien qu'il fût surpris par la tournure des événements, Nagare suggéra au professeur de se poster devant le fantôme. Kadokura avait l'air tendu. Il sortit un mouchoir de sa poche, s'épongea le front et les mains, puis s'exécuta.

— Je peux ? s'enquit-il.

La femme ne réagit pas. Son expression n'avait pas changé et elle était toujours aussi absorbée par sa lecture, un roman intitulé *Le Chien qui rêvait de devenir un chat et le Chat qui rêvait de devenir un chien*.

— Tiens ? J'ai l'impression que… murmura Kadokura en la dévisageant.

— Que quoi ?

— Non, rien. Vous m'autorisez à insister ?

— Oui.

— Alors c'est parti !

Kadokura inspira un grand coup, puis il se lança.

— Pardonnez-moi de vous déranger, mais auriez-vous la gentillesse de me céder cette chaise, s'il vous plaît ? demanda-t-il en secouant doucement le fantôme par l'épaule.

Comme elle ne réagissait pas, il interrogea Nagare du regard.

— Allez-y un peu plus fort.

— Compris…

Cette fois, il la saisit fermement par l'épaule et éleva la voix :

— Excusez-moi, vous pouvez vous pousser ?

La femme en blanc ouvrit grand les yeux et le fusilla du regard. Il s'effondra sur place. La lumière des lampes vacilla comme la flamme d'une bougie et une voix d'outre-tombe résonna dans toute la salle, sans qu'on sache précisément d'où elle venait. L'expression du fantôme qui, quelques instants plutôt, lisait paisiblement, avait changé du tout au tout. À présent, elle fixait Kadokura d'un air furieux, à moitié penchée sur la table.

— Votre curiosité est satisfaite ? demanda Nagare.

À ses côtés, Kazu patientait, une cafetière en argent à la main.

— Non, attendez encore un peu. Je suis sous l'emprise d'un sort, c'est une expérience inestimable que je n'aurai pas l'occasion de revivre de sitôt.

— C'est vous qui voyez, soupira Nagare.

Assise au comptoir, Fumiko rit en observant son ancien professeur cloué au sol.

Au bout d'un moment, Kadokura émit un grognement et écarta les bras et les jambes en étoile. Il devait souffrir, car un étrange sifflement s'échappait de sa gorge. Peut-être n'était-il même plus en mesure de parler. La situation devenait périlleuse.

— À toi de jouer, dit Nagare à Kazu.

Kazu s'approcha de la femme en blanc, qui ne lâchait pas Kadokura du regard, et lui demanda posément :

— Je vous ressers un café ?

Le fantôme, qui semblait prêt à bondir par-dessus la table pour se jeter sur Kadokura, retrouva instantanément son calme et se rassit.

— Oui, merci, répondit la dame.

L'éclairage reprit son intensité habituelle et la voix d'outre-tombe se tut. La malédiction était levée. L'archéologue respirait à nouveau normalement, même s'il haletait encore un peu. Son visage était radieux. Le fantôme s'était replongé dans son livre et buvait son café.

— En effet, c'était très enrichissant.

Kadokura se releva, retourna s'asseoir au comptoir, ouvrit son carnet et se mit à griffonner quelque chose à toute vitesse. Nagare était stupéfait et Fumiko riait sous cape. Seule Kazu restait impassible.

— Au fait, où est Miki ? demanda soudain Fumiko à Nagare. J'étais venue la voir…

Miki était la fille de Nagare et de Kei, son épouse.

— Tu l'as déjà vue hier.

— Et alors ?

— Ça ne t'a pas suffi ?

— Non ! Elle est tellement mignonne, je ne m'en lasse pas.

— N'importe quoi.

Nagare avait répondu froidement, mais ses yeux souriaient. Il était heureux.

— Elle dort ?

— Oui, au fond.

— Je peux y aller ?

— Si tu veux.

— Merci !

Fumiko bondit gracieusement de son tabouret et sortit son téléphone de son sac.

— Tu la photographies trop.

— Aujourd'hui, je vais la filmer !

Fumiko disparut dans l'arrière-salle.

— C'est si mignon que ça, les enfants ? murmura Kadokura, qui avait terminé de prendre des notes, en regardant en direction de la pièce où Fumiko s'en était allée. Excusez-moi. Votre fille est certainement adorable. Moi-même, j'ai deux filles et un fils. Tous les trois sont adultes, maintenant, j'ai même des petits-enfants.

— Et vous ne les trouvez pas mignons ? demanda Nagare, méfiant.

— Je ne sais pas trop. J'étais à l'étranger quand la plupart sont nés. À chaque fois que je rentrais, ils avaient grandi. Un jour, ma cadette m'a dit que je pouvais revenir leur rendre visite, comme si j'étais un ami de la famille. Rétrospectivement parlant, je pense que j'aurais mieux fait de rester célibataire. Je n'ai pas vu le temps passer. Ils sont entrés au collège, puis au lycée ; je ne savais plus par quel bout les prendre. Pourtant, ma femme ne s'est jamais plainte. Elle me laissait toujours partir avec le sourire.

— Vous regrettez de vous être marié ?

— Non, mais je devrais sans doute. J'aurais aimé être capable d'avoir des remords, répondit

Kadokura au bout d'un moment. Qu'est-ce que je dois faire, maintenant ?

— Je ne suis pas certain d'être bien placé pour…

— Pour retourner dans le passé, je veux dire.

— Ah, pour ça !

— Pour quoi d'autre ?

— Excusez-moi, j'avais mal compris.

— Ce n'est rien.

— Tout d'abord, il faut que vous attendiez que cette dame libère sa chaise. Elle se rend aux toilettes une fois par jour, sans exception. Vous devrez en profiter pour vous glisser à sa place.

— Surprenant, pour un fantôme !

— Je vous l'accorde. Malheureusement, il est impossible de prédire quand cela arrivera.

— Ce qui signifie ?

— Que la seule solution est de patienter. Si vous la dérangez, il se produira la même chose que tout à l'heure.

— Elle me maudira.

— Exactement.

— Très bien. Vous servez à manger ?

— Bien sûr ! Je peux vous concocter ce que vous voulez, même si ça ne figure pas sur le menu. À condition d'avoir les ingrédients nécessaires sous la main, j'entends.

— Parfait. Dans ce cas, pouvez-vous me préparer un *oyakodon*, s'il vous plaît ?

— Un bol de riz avec du poulet et des œufs ?

— Oui, ma femme m'en préparait souvent.

— Aucun problème, répondit Nagare, et il se dirigea vers la cuisine.

Kadokura ouvrit de nouveau son carnet et y jeta quelques notes. Dans la salle, il n'y avait plus que Kazu, la femme en blanc et lui.

Quel calme...

Dans la plupart des cafés, on diffuse du classique ou du jazz pour inciter les clients à prendre tout leur temps pour déguster leur boisson. Cela fait partie du charme de ce genre d'endroit. Au *Funiculi Funicula*, en revanche, il n'y avait pas de musique. La seule chose qu'on entendait, c'était le tic-tac des trois horloges en pied qui allaient du sol au plafond. Étrangement, les aiguilles n'indiquaient pas les mêmes chiffres. Kadokura consulta sa montre et constata que celle du milieu était à l'heure, tandis que l'une avançait et que l'autre retardait. L'absence de fenêtres, et donc de lumière naturelle, perturbait souvent la perception du temps des nouveaux venus. Kadokura n'était pas épargné. Il se souvenait de sa première visite comme si elle avait eu lieu la veille.

— En vérité, j'ai déjà rencontré cette personne, dit-il soudain à Kazu en levant les yeux vers la femme en blanc.

Kazu l'écoutait en silence, sans cesser d'astiquer les verres.

— C'était le jour où cette photo a été prise, il y a vingt-quatre ou vingt-cinq ans. J'ai pensé que je faisais fausse route, mais je suis sûr de moi à présent. La seule chose qui ait changé, c'est la longueur de ses cheveux. Elle avait déjà un regard mélancolique à l'époque. Comment s'est-elle retrouvée sur cette chaise ?

Clap.

La femme en blanc venait de refermer son livre. Elle se leva lentement, passa sans bruit derrière Kadokura, qui était accoudé au comptoir, et se rendit aux toilettes. Le professeur se tourna vers le siège désormais vide.

— La place est libre ?

— Oui.

— Si je m'y installe, je pourrai me rendre dans le passé ?

— Absolument. Voulez-vous vous y asseoir ?

— Bien sûr !

Kadokura se leva et approcha de la chaise. Il ne s'y assit pas immédiatement, mais l'observa longuement. C'était une chaise munie de pieds en cabriole, aux courbes élégantes et à l'assise habillée de tissu vert mousse. Elle n'était pas d'époque et Kadokura ne s'y connaissait pas en mobilier, mais au premier coup d'œil, il était évident qu'elle valait plusieurs centaines de milliers de yens. Cependant, ce n'était pas ça qui le perturbait.

— À première vue, elle semble identique aux autres, dit-il en caressant l'assise. Elle est froide au toucher, quoique, à la réflexion, j'ai l'impression que c'est l'air qui l'entoure qui est plus frais. C'est peut-être cet air qui a quelque chose de spécial et non le siège en lui-même ? Si je le remplaçais par un autre, je pourrais voyager dans le temps malgré tout ?

Kadokura se retourna vers Kazu, qui avait disparu : il avait parlé dans le vide. Il se glissa entre la chaise et la table sans avoir l'air particulièrement troublé.

— J'avais vu juste. Ce n'est pas la chaise qui est froide, c'est l'atmosphère qui l'entoure, dit-il en sondant l'air de ses mains. Il y a une différence très nette entre ici et là, entre là et ici. La zone mesure quatre-vingts centimètres de diamètre, elle enveloppe la chaise et s'étend jusqu'au centre de la table.

Kazu était revenue de la cuisine sans qu'il s'en rende compte. Elle portait un plateau sur lequel reposaient une cafetière en argent et une tasse à café. Kadokura continua son monologue comme si elle n'était pas là :

— J'en déduis qu'il n'y a que dans cette zone qu'il est possible de remonter le temps, je me trompe ?

— Non, c'est exact.

— Je vois. Intéressant.

Il se remit à griffonner dans son carnet. Alors que Kazu débarrassait la tasse de la femme en blanc, Nagare sortit de la cuisine, une louche en bois à la main.

— Excusez-moi…

— Oui ?

— Quand souhaitez-vous votre *oyakodon* ?

— Ah, ça m'était sorti de la tête…

Kadokura s'interrompit et releva le menton. Il ne s'attendait pas à ce que le fantôme libère la place si vite.

— Pourriez-vous me le servir à mon retour ?

— Bien entendu.

— Dans ce cas, faisons comme ça.

— Très bien.

— Ça sent bon, dit-il en reniflant bruyamment. J'ai hâte de revenir le déguster.

— Tout sera prêt, dit Nagare en s'engouffrant de nouveau dans la cuisine.

— Alors en route, dit Kadokura.

Il se redressa et adressa un petit signe de tête à Kazu, qui se tenait à ses côtés, silencieuse. Kadokura croisa le regard de la serveuse et frissonna.

Elle lui ressemble. Au fantôme qui était assis sur cette chaise.

La même peau blanche, presque translucide. Les mêmes yeux en amande. La même expression mélancolique. Et surtout, la même structure osseuse. Ou la même silhouette, si vous préférez. Seules les personnes très observatrices comme Kadokura remarquaient ces détails.

Elles sont mère et fille, pensa-t-il. Et il n'avait pas tort.

Qu'est-ce qui a pu lui arriver ?

Il se doutait bien qu'il ne devait pas être facile de grandir aux côtés d'une mère qui passait tout son temps assise à la même table, sans vieillir. Sa curiosité serait sans doute perçue comme mal placée.

Et pourtant, je meurs d'envie de savoir…

— Excusez-moi…

Tu ne peux pas demander ça, enfin !

Kadokura laissa sa question en suspens.

Tout ce qui compte maintenant, c'est que je retourne dans le passé.

— Poursuivez, finit-il par articuler.

Kazu posa une tasse vide devant lui, comme si elle avait attendu ce signal.

— Je vais vous servir un café. Dès que j'aurai terminé de le verser, vous remonterez le temps…

— Je sais.

— Vous devrez revenir avant qu'il ne refroidisse.

— Avant qu'il ne refroidisse ?

— Vous avez bien entendu.

— Pour quelle raison ?

— Parce que si vous ne finissez pas votre tasse avant…

— Que se passera-t-il ?

— Vous deviendrez un fantôme et serez condamné à rester assis sur cette chaise pour l'éternité.

— Pardon ?! s'écria Kadokura.

Même sous l'emprise du sortilège, il n'avait pas élevé la voix à ce point. Ce n'était pas simplement la surprise d'apprendre ce qui l'attendait s'il ne respectait pas cette règle : si Kazu disait vrai, cela expliquerait pourquoi la serveuse qu'il avait aperçue jadis dans ce café occupait cette place et n'avait pas pris une ride.

— Pourquoi est-elle… commença-t-il à voix haute en dévisageant Kazu, stupéfait, avant de se reprendre : Ça ne me regarde pas, pardonnez-moi. Continuez, je vous prie.

— Elle est allée rejoindre son défunt mari.

— Ah bon ?

Kazu s'était exprimée avec un tel détachement que Kadokura eut un pincement au cœur.

— Elle connaissait parfaitement les règles. J'imagine qu'elle n'a pas vu le temps passer et qu'elle a compris trop tard que son café était déjà froid.

— C'est comme ça qu'elle est devenue un fantôme ?

— Oui.

— Je vois, grommela Kadokura.

Quelle tragédie.

Les règles qui lui avaient été exposées jusqu'à présent étaient contraignantes sans pour autant représenter une menace. Certes, il était impossible de revoir une personne qui n'avait jamais poussé la porte de l'établissement, de se lever de sa chaise et de changer le destin, mais il ne pouvait rien lui arriver de grave. Lorsque la femme en blanc l'avait maudit, il avait souffert, sans que la douleur soit insoutenable. Cela lui avait rappelé ce qu'on ressent quand on appuie sur un point d'acupression particulièrement sensible. En réalité, il se sentait plus léger qu'avant. Les courbatures aux épaules qui le tourmentaient depuis des années s'étaient atténuées, comme après un massage. Cependant, cette nouvelle règle changeait la donne.

Si je n'avais pas compris que le fantôme était la mère de la serveuse, je ne me serais pas rendu compte du danger que je courais.

Il savait précisément ce qu'il dirait à Mieko, une fois dans le passé. Ce serait rapide et son café n'aurait pas le temps de refroidir. Mais il avait deviné la nature du lien qui unissait les deux femmes. Il avait compris qu'elles étaient mère et fille.

Quelle règle cruelle, pensa-t-il.

Il respira profondément pour se calmer.

Je dois me concentrer sur mon objectif.

— Tout ce que j'ai à faire, c'est de finir ma tasse avant qu'il ne soit trop tard, c'est bien ça ?

— Exactement.

— Très bien. Servez-moi ce café.

Kazu éleva lentement la cafetière en argent jusqu'à la hauteur de sa poitrine. Kadokura était fasciné par l'élégance de ses gestes. Rien n'était superflu.

C'est magnifique.

Il soupira sans s'en rendre compte. Kazu baissa les yeux sur la tasse vide. L'atmosphère se tendit. On n'entendait que le tic-tac régulier des aiguilles.

Dong… dong… dong…

C'était l'horloge de gauche qui avait sonné.

— Surtout, murmura Kazu, comme si elle avait attendu ce signal, revenez avant que le café ne refroidisse.

La tension monta d'un cran.

J'ai l'impression que la température a encore chuté.

Kazu versait le café avec une extrême lenteur. Une volute de vapeur s'éleva de la tasse en vacillant. La zone de quatre-vingts centimètres dans laquelle Kadokura était assis se mit à onduler au même rythme qu'elle.

Je me mue en vapeur ! pensa ce dernier, pris de vertige, en regardant sa main disparaître.

Le paysage commença à défiler de haut en bas.

Quelle sensation curieuse…

Kadokura essaya de graver la scène dans sa mémoire. S'il avait été en mesure d'écrire, il aurait probablement pris des notes.

Si seulement je pouvais filmer ça !

Mieko, mon épouse, était quelqu'un de très calme. Elle parlait peu et n'avait d'avis personnel sur rien. Elle acceptait tout et ne se rebellait jamais.

C'était une femme divorcée. Apparemment, son premier mariage, comme le nôtre, était une union arrangée. Quand je lui avais demandé ce qui n'avait pas fonctionné entre elle et son ex-mari, elle m'avait répondu en riant qu'il s'ennuyait en sa compagnie.

Ma mère avait organisé notre rencontre contre mon gré. J'avais trente et un ans, Mieko en avait vingt-huit. À l'époque, l'archéologie me prenait déjà tout mon temps et j'étais rarement dans l'appartement que je louais.

— Je ne peux pas me marier. Je n'ai pas les moyens et je ne suis pour ainsi dire jamais chez moi. Je ne vois pas qui voudrait d'un homme pareil.

— Ça ne me dérange pas, avait répondu Mieko.

Ça, c'est ce qu'elle dit, mais elle demandera vite le divorce, avais-je pensé.

Personnellement, je serais incapable de passer ma vie à attendre quelqu'un. Je ne m'intéresse qu'à l'archéologie et à mes autres marottes. J'étais – et je suis encore – convaincu d'être trop égoïste pour rendre quelqu'un heureux. Mais Mieko n'a jamais ne serait-ce que prononcé la première syllabe du mot divorce.

— Sois prudent.

Elle ne parlait pas beaucoup, mais chaque fois que je partais, elle me souhaitait bon voyage avec le sourire. Quand je revenais, au bout de quelques mois, elle m'accueillait en me demandant si j'avais déjà mangé, comme si j'étais parti le matin même.

De mon côté, je me suis découvert plus bavard que je le pensais. Quand je rentrais de déplacement, je lui racontais les fouilles ou des anecdotes de première ou de seconde main que j'avais notées dans mon carnet. Quand mon récit était terminé, elle me disait toujours la même chose :

— Je n'y comprends rien !

Pourtant, elle m'écoutait jusqu'au bout, sans m'interrompre. Je n'avais pas nécessairement besoin qu'elle me comprenne, j'avais probablement juste envie de parler à quelqu'un. Je savais que je passais pour un original. J'étais sans doute assez isolé, et je m'étais même convaincu que cette solitude m'allait comme un gant. Mieko est devenue mon port d'attache.

Quand nos enfants sont nés, certains collègues m'ont conseillé de me comporter davantage en père, ce qui pour moi était incroyablement stressant, car j'ai toujours su que je n'étais pas taillé pour la vie de famille. Ni pour le mariage, du reste. Tout se passait bien avec Mieko parce qu'elle était exceptionnelle, mais les petits réclamaient un père normal, une famille ordinaire. Je n'ai pas changé pour autant.

Quand ma cadette m'a dit « Reviens nous voir ! », ça ne m'a pas choqué outre mesure. *Elle a le sens de l'humour*, voilà ce que j'ai pensé.

Heureusement, mon travail était apprécié et mes enfants n'ont jamais manqué de rien. À leur majorité, la seule chose que j'aie pu faire pour eux, c'est leur acheter un logement.

— Tu te comportes enfin comme un père, m'avait dit ma fille aînée.

Je n'étais pas certain que ce soit bien le cas, car je n'accordais aucune valeur à l'argent. Je m'étais contenté de suivre les conseils de Mieko, mais quand j'ai demandé à ma femme si elle voulait que j'achète aussi une maison, elle a répondu :

— Notre appartement me suffit.

Nous avons donc toujours vécu au même endroit. Pour moi, ce n'était qu'un lieu où je revenais de temps à autre, je n'y étais pas attaché, et elle, elle ne voulait pas déménager.

Je suis persuadé que si j'avais épousé une autre femme, ça n'aurait pas fonctionné. Je me demande ce que Mieko pensait de moi, mais maintenant, je n'ai plus aucun moyen de le savoir.

— Je plains maman.

— Tu devrais prendre plus soin d'elle.

— Elle est tout le temps seule, la pauvre.

Nos enfants s'inquiétaient pour elle.

— J'aurais tellement voulu avoir un père comme les autres, avait dit mon fils quand il était à l'école primaire.

Qu'est-ce que c'est, un père comme les autres ? À l'époque, je n'en avais pas la moindre idée. J'imagine que mes enfants ne comprennent pas non plus ma vision du bonheur.

Quoi qu'il en soit, ma femme et moi sommes restés soudés.

Malheureusement, Mieko est devenue un légume. Il paraît qu'elle ne voit plus rien, qu'elle n'entend plus rien. Mes enfants en souffrent. Moi, je n'ai pas su exprimer mon chagrin. Mais elle est encore en vie. Quand je rentre de voyage, je vais la voir à l'hôpital. Chez moi, c'est là où elle se trouve.

— Cette fois, j'ai fait une découverte extraordinaire !

Elle n'a jamais compris les histoires que je lui racontais, mais maintenant, elle ne perçoit même plus ma voix. Il y a deux ans et demi que ça dure.

— Il n'est pas impossible qu'elle s'en remette, mais, compte tenu de son âge et de sa condition physique, il ne lui reste probablement que six mois à vivre. Un an, tout au plus, m'a dit le médecin qui la suit.

— Je comprends.

Ce soir-là, pour la toute première fois, j'ai ressenti un vide. Jusque-là, je n'avais fait que ce qui m'intéressait. Je pensais que je n'aurais jamais de regrets. Je me trompais.

Je dois retourner dans le passé pour confier à Mieko ce que j'ai oublié de lui dire.

La voix de ma fille me tira de ma torpeur :

— Papa ? Qu'est-ce que tu fabriques ici ?

Elle se tenait devant la caisse enregistreuse, ma petite-fille dans les bras. J'observai la salle. Rien n'avait changé. Les lampes diffusaient toujours la même lumière sépia. Au plafond, un ventilateur en bois brassait l'air. Chacune des trois horloges indiquait une heure différente.

Sans la présence de ma petite-fille, je n'aurais pas réalisé que j'avais remonté le temps. Là d'où je venais, elle avait six ans, elle était sur le point d'entrer à l'école primaire. Mais à ce moment précis, dans les bras de ma fille, elle semblait n'en avoir que deux ou trois, ce qui signifiait que j'avais fait un bond de trois ou quatre ans dans le passé.

En revanche, Mieko n'est pas là.

L'établissement n'était pas bien grand. J'avais beau être assis au fond de la salle, il n'y avait pas d'angles morts. À part ma fille et sa petite, je ne voyais personne d'autre sauf, derrière le comptoir, la jeune femme qui m'avait servi mon café.

— Papa est ici ?

C'était ma cadette, qui émergeait de derrière sa sœur.

— Quoi ?

La tête de mon fils apparut un instant dans l'entrée, puis disparut à nouveau.

— Maman, papa est là !

— Ça par exemple…

— Bienvenue, me dit la serveuse en posant un verre d'eau froide devant moi.

Mieko s'avança et demanda un café. Ma cadette et mon fils s'installèrent à une table au milieu de la salle et commandèrent tous deux un café frappé. Mon aînée se tenait debout près de sa mère et de moi, ma petite-fille dans les bras.

— Une limonade pour moi et un lait tiède pour la petite, s'il vous plaît. Vous pouvez me servir au comptoir.

— Très bien, répondit la serveuse avant de disparaître à la cuisine.

— Tu aurais pu nous prévenir que tu venais ! dit une de mes filles.

— Je croyais que tu faisais des fouilles en France, renchérit l'autre.

— Tu étais au courant, maman ?

Mieko secoua la tête.

Si je suis censé être en France, c'est que je suis remonté trois ans et demi en arrière…

L'accident de Mieko avait eu lieu six mois plus tard, fin décembre, à la période de Noël. D'après mes filles, elle marchait sur le trottoir quand elle avait été percutée par un cycliste distrait par son smartphone. Elle s'était violemment heurté la tête en tombant, puis elle s'était relevée et avait pris le chemin du retour comme si rien ne s'était passé. Arrivée à la hauteur de l'appartement, elle s'était soudain effondrée. Des voisins avaient appelé une ambulance, mais Mieko n'avait jamais repris conscience.

C'était si inattendu.

De nos jours, on ne parle plus d'état végétatif, mais de « syndrome d'éveil non répondant ». Les parties du cerveau liées au raisonnement, à la vue et à l'ouïe sont endommagées, mais l'hypothalamus et le tronc cérébral, qui régissent les fonctions biologiques telles que la respiration, fonctionnent normalement.

La mort cérébrale est prononcée en cas d'arrêt de toute activité cérébrale, ce qui se traduit par une incapacité pour la personne de respirer par elle-même. Y compris sous ventilation mécanique, ces patients ne survivent en principe pas plus de deux semaines. Pourtant, certains passent entre deux et cinq ans dans le coma. Une ressortissante des Émirats arabes unis s'est même réveillée au bout de vingt-sept ans.

On m'a dit qu'en raison de son âge, Mieko ne tiendrait pas longtemps, mais…

Mieko, qui était assise devant moi, n'avait aucune idée de ce que l'avenir lui réservait. J'aurais beau lui conseiller d'être prudente, cela ne changerait rien, j'en étais conscient. Pourtant, quelque part au fond de moi, le doute subsistait.

Rien n'est gravé dans le marbre, en ce bas monde. Les règles sont peut-être plus souples qu'il n'y paraît. L'accident, si inévitable soit-il, pourrait se produire à un autre moment. Un ou deux ans plus tard, par exemple. Peut-être même cinq ou dix.

Deux options se dessinèrent dans mon esprit.

Je pourrais lui annoncer ce que je suis venu lui dire sans mentionner l'accident, afin de ne pas les inquiéter, elle et mes filles.

C'était ma première intention.

Ou alors, j'essaie d'exploiter une hypothétique lacune des règles et je lui annonce ce que je suis venu lui dire tout en lui parlant de l'accident.

J'avais envie de tenter ma chance, mais les mots de la serveuse me revinrent en mémoire, lourds de sens : « Ce n'est pas comme si elle n'était pas au courant. » Si j'apprenais à ma femme et à mes filles que Mieko allait devenir un légume, elles devraient vivre avec cette révélation. J'avais l'impression de tourner en rond dans un labyrinthe sans échappatoire.

— Ce ne serait pas la première fois que papa voit la petite ?

— Tu plaisantes ?

— Non, ça ne m'étonnerait pas de lui.

— Le pire, c'est que tu ne te rappelles pas si tu lui as présenté ta fille ou non.

— C'est vrai, mais…

— Quand tu étais enfant, tu lui as dit qu'il pouvait revenir nous voir quand il voulait, tu t'en souviens ?

— Ce n'était pas moi, c'était Takeo…

— Tu es sûre ?

— Ah non, ce n'était pas moi ! intervint l'intéressé. Moi, je lui ai demandé qui il était.

— Alors, ça devait être moi, même si je n'en ai aucun souvenir !

— Au fait, ta femme vient d'avoir un deuxième enfant, non ?

— Le mois dernier.

— Tu aurais dû l'amener. Pour une fois que papa est là…

— Si j'avais su qu'il venait, je l'aurais fait.

— Pourquoi tu ne nous as pas prévenus ? demanda soudain ma fille en se tournant vers moi.

J'hésitais encore à leur parler de l'accident. Je m'attendais à ce que Mieko accueille la nouvelle avec sang-froid, car c'était sa nature. Sinon, elle ne m'aurait pas supporté aussi longtemps. Le problème, c'était mes filles. Elles seraient bouleversées, il n'y avait aucun doute.

— J'ai oublié un document important et j'ai donné rendez-vous à M. Kumada ici pour qu'il me le remette, mentis-je.

Il est encore trop tôt pour prendre une décision. Attendons de voir comment ça se passe, pensa la partie prudente de moi-même. Je me rangeai à son avis.

— Quitte à mentir, tu aurais mieux fait de jouer la carte de l'anniversaire de mariage, lança ma fille aînée.

Je ne comprenais pas où elle voulait en venir.

— Quel anniversaire de mariage ?

— Tu n'étais pas au courant ?

— Tu es sérieux ?

Mes filles me dévisageaient, outrées.

— Tu ne savais pas que maman fêtait ça ici tous les ans ?

— Pourquoi votre mère fêterait un anniversaire de mariage dans un café chaque année ?

— Tu es irrécupérable, soupira ma fille aînée en s'asseyant au comptoir.

Mieko laissa échapper un petit rire.

— Tu as le droit d'être en colère, maman !

— En même temps, c'est tellement lui, nuança Takeo.

— Quoi ? À la place de maman, j'aurais envie de l'étriper !

— Moi aussi !

Ma fille aînée but une grande gorgée de limonade et ma fille cadette une grande gorgée de café frappé, puis elles posèrent brutalement leurs verres devant elles. Leur agacement était palpable.

— Mais c'est l'anniversaire de mariage de qui, enfin ?

— Viens, maman, on s'en va.

— Je n'en reviens pas. À ta place, je divorcerais sur-le-champ.

Rouges de colère, elles détournèrent le visage.

— Qu'est-ce qui leur prend ? demandai-je à mon fils.

La question de savoir si j'allais ou non mentionner l'accident occupait tout mon esprit. Je n'étais pas en mesure de penser à un événement dont je n'avais aucun souvenir. Mon fils se leva, regarda ses sœurs et me dit :

— Tu as sans doute oublié, mais il y a un peu plus de vingt ans, tu es venu ici, avec maman.

— C'est vrai, juste une fois.

— C'était votre anniversaire de mariage.

— Ce jour-là ?

— Oui !

— C'était notre anniversaire de mariage ?

— Évidemment ! s'impatienta ma fille aînée.

— Ça n'explique pas pourquoi votre mère tient à venir ici tous les ans.

— Tu n'as qu'à le lui demander.

Mon fils haussa les épaules, mes filles soupirèrent. Je me tournai vers Mieko.

— Je viens parce que j'en ai envie, dit Mieko, gênée.

Je n'ai jamais saisi l'importance que certains accordent aux anniversaires de mariage. Seule Mieko me comprenait. Mes filles auraient voulu m'instiller un peu de sens commun, mais je n'en voyais pas l'intérêt.

— Oh, non…

Sans le faire exprès, je venais de toucher ma tasse et je l'avais trouvée moins chaude que je m'y attendais.

Je dois la finir avant que le café ne refroidisse.

Je bus une gorgée.

Il est tiède.

Cette histoire d'anniversaire de mariage m'avait fait perdre un temps précieux. Que j'aborde ou non le thème de l'accident, je devais me dépêcher.

— Ah !

Soudain, la silhouette de la serveuse, immobile derrière le comptoir, entra dans mon champ de vision.

Pourquoi je ne m'en étais pas rendu compte ?

Je levai la main.

— Je peux vous poser une question ? demandai-je. Est-il possible de décaler un événement appelé à se produire dans le futur ?

Comme l'heure tournait, j'étais allé droit au but. Mes enfants n'avaient aucun moyen de savoir de quoi je parlais, d'autant plus qu'ils ignoraient encore que je venais de l'avenir. La serveuse, elle, comprendrait le véritable sens de cette question.

Comme je l'avais anticipé, sa réponse fut brève :

— Ce n'est pas entièrement à exclure.

C'était tout ce que j'avais besoin de savoir.

Ma décision est prise.

— Je suis désolé d'avoir oublié notre anniversaire de mariage, je ne me souvenais pas de la date. Ce jour-là, il se trouvait que j'avais un peu de temps libre, tu m'as proposé de sortir et j'ai accepté de t'accompagner boire un café. Je suis un époux lamentable, Mieko. Pardonne-moi, dis-je en m'inclinant.

Mes filles échangèrent un regard, mal à l'aise. Elles ne m'imaginaient sans doute pas capable de faire preuve d'humilité.

— Ne t'inquiète pas pour ça, j'ai toujours su que tu n'accordais pas d'importance à ce genre de choses, répondit Mieko en riant, exactement comme je l'avais prévu.

— En réalité, je suis venu du futur pour t'annoncer quelque chose.

— Pardon ?

Mes filles relevèrent la tête en même temps.

— Tu veux dire que la rumeur qui court au sujet de ce café… commença mon fils.

— Oui, l'interrompis-je.

J'étais soulagé qu'ils soient au courant, mais je n'avais pas le temps d'entrer dans les détails. Je décidai de tenter ma chance et de dire la vérité :

— Dans six mois, tu vas avoir un accident et tu tomberas dans le coma. Tu resteras dans cet état au moins deux ans et demi.

— Dans le coma ?

— Oui.

— Je vois, murmura Mieko.

La nouvelle l'avait surprise. Elle plissa les yeux.

— Tu plaisantes ? s'écria ma fille aînée.

— Qu'est-ce que tu racontes ? Ce n'est pas drôle ! s'exclama la cadette.

Elles me dévisageaient d'un air incrédule. Mon fils ne dit rien, mais il était blanc comme un linge. Selon toute évidence, ils connaissaient les règles. Ils savaient que rien ne pouvait changer l'avenir.

— C'est à vous de décider si vous voulez me croire ou non.

— Arrête de te moquer de nous ! rugit mon aînée.

Ma petite-fille se mit à pleurer.

— Moi aussi, je connais la rumeur. Je n'ai jamais cherché à savoir si elle était fondée, mais si elle l'est… Admettons qu'elle le soit. Tu te rends compte de ce que tu viens d'annoncer à maman ? Comment tu as pu lui dire sans sourciller qu'elle n'en avait plus que pour six mois ?

— Écoute, je n'ai pas beaucoup de temps…

— On s'en fiche ! Tu as toujours été comme ça. Tu ne t'intéresses qu'à toi-même ! Tu ne t'es jamais préoccupé de ce que maman ou nous pouvions ressentir. J'en ai par-dessus la tête de ton comportement ! Pourquoi tu es si égoïste ? Tu pourrais au moins penser à ta femme !

Elle s'assit de nouveau au comptoir. Sa fille hurlait dans ses bras, mais elle n'était pas en état de la consoler.

— On ne peut pas l'éviter, cet accident ? demanda posément ma cadette en prenant l'enfant des bras de sa sœur.

— Non.

— Dans ce cas, qu'est-ce qui t'amène ? J'imagine que tu n'es pas simplement venu jouer les oiseaux de mauvais augure ?

— Non, en effet.

— Alors, dépêche-toi de dire ce que tu as à dire et disparais.

Elle s'exprimait avec sang-froid, mais sa colère ne s'était pas volatilisée pour autant. Néanmoins, j'étais soulagé. D'après la température de la tasse, le temps était presque écoulé.

— Eh bien…

Je ne regrettais pas d'avoir dévoilé le futur, mais si j'étais reparti à ce moment-là, mon intervention n'aurait servi à rien. L'heure n'était pas au débat. Je devais aller jusqu'au bout.

— Mieko…

— Je t'écoute.

— Jusqu'à présent, je n'en ai fait qu'à ma tête.

— Je sais.

— Quel qu'en soit le prix.

— C'est vrai.

— J'ai soixante-sept ans et j'étais persuadé de n'avoir aucun regret…

— Ça ne me surprend pas.

— … jusqu'à ton accident.

— Ah bon ?

Mieko me dévisagea avec curiosité.

— Moi aussi, ça m'a pris de court. C'est à ce moment-là que j'ai compris que je m'en voulais. Je n'avais jamais ressenti ça auparavant. Le problème, c'est que dans le futur, je ne peux plus parler avec toi. C'est pour ça que je suis venu. Parce que j'ai quelque chose à te dire.

— Quelque chose ?

— Oui.

— Quelque chose comme quoi ?

— Comme : « Je suis heureux de t'avoir épousée. »

Je regrettais d'avoir gardé ces mots pour moi. Mais même si je les lui avais glissés après son accident, elle ne m'aurait pas entendu.

— Je sais que c'est difficile à croire, d'autant plus que je ne t'ai jamais dit ce genre de choses. Mais je voulais que tu saches que mon bonheur, c'est à toi que je le dois. Merci, Mieko. J'ai été heureux. C'est tout ce que j'avais à déclarer.

Après avoir prononcé ces mots, je bus mon café d'une traite. Très parfumé, il avait une acidité vivifiante, mais il était un peu plus amer que ce à quoi j'étais habitué. Et surtout, il était quasiment froid.

Ça s'était joué à quelques secondes. Je soupirai malgré moi en reposant la tasse.

Mes filles me regardaient, stupéfaites. À en juger par leur expression, la conversation leur avait fait l'effet d'un tour de montagnes russes émotionnelles.

— À vous aussi, je vous dois des excuses, dis-je à l'intention de mes enfants.

Dans les bras de la cadette, ma petite-fille s'était endormie.

— Réfléchissez, poursuivis-je. Tout porte à croire que dans six mois, votre mère sera un légume. Ce sera un accident, ça arrivera sans crier gare et vous ne serez pas prêts psychologiquement. À ce moment-là, il sera trop tard pour faire toutes les choses que, comme moi, vous

vous lamenterez de ne pas avoir faites plus tôt, et vous ne pourrez rien y changer. Mais vous vous souviendrez de mes mots.

Le paysage se mit à onduler autour de moi.

— Si vous ne voulez pas avoir de regrets, prenez bien soin d'elle au cours des six prochains mois, encore plus que vous ne l'avez fait jusqu'à présent. Je compte sur vous.

— Ah…

J'eus l'impression d'avoir entendu la voix de ma fille cadette quand, tout à coup, mon corps se mua en vapeur et commença à s'élever vers le plafond.

— Papa ! cria mon aînée, les yeux débordant de larmes, sans que je parvienne à déterminer si elle était fâchée ou triste.

Le paysage se mit à défiler verticalement. J'étais sur le point de perdre conscience quand je vis que Mieko me regardait. Elle pleurait.

— Mieko…

— Chéri…

— Ce n'est pas un adieu.

Il était possible que l'accident soit retardé. Je n'en aurais confirmation qu'une fois de retour dans le futur.

— Je…

— Quoi ?

— Moi aussi j'étais heureuse, tu sais.

— C'est vrai ?

— Bien sûr !

Sa voix était douce, comme toujours.

De retour du passé, Kadokura quitta le café à la hâte, sans toucher au plat préparé par Nagare. Il prit un taxi jusqu'à l'hôpital où se trouvait son épouse.

La fenêtre de la chambre était ouverte et un rideau en dentelle se balançait doucement au vent. À côté du lit de Mieko, sur la table de chevet, trônait une photo de leurs enfants.

Kadokura était entré dans la pièce en silence. Il se força à respirer plus lentement et suspendit son manteau à un cintre. Un pétale de fleur de cerisier, qui y était resté accroché, tomba en tourbillonnant.

— L'accident n'a donc pas été retardé, soupira-t-il en s'asseyant sur le rebord du lit.

Il regarda la poitrine de son épouse se soulever au rythme de sa respiration.

— C'est curieux, ajouta-t-il d'une voix tremblante. Je n'ai plus de regrets, mais j'espérais tellement que tu reprendrais conscience.

Des larmes s'échappèrent de ses yeux. Il avait beau les essuyer, elles roulaient toujours plus nombreuses.

2

La femme qui n'avait pas pu dire adieu à son chien

— Un chien ?

Assise au comptoir, Nana Kôtake fronçait les sourcils. Elle était infirmière dans un hôpital local et passait au café tous les jours après son service.

— Oui, il s'appelle Apollo, répondit Mutsuo Hikita en essuyant les gouttelettes de pluie sur ses lunettes.

Mutsuo avait trente-sept ans. Barbu, il avait la tête rasée et portait un polo à manches courtes et un short. Il tenait un sac à dos dans ses bras et restait debout dans l'entrée, dégoulinant.

— Il n'était pourtant pas censé pleuvoir aujourd'hui, dit Nagare, et il lui tendit une serviette.

— Merci, répondit Mutsuo en s'inclinant.

— Vous l'emmeniez de temps en temps, non ? Si je me souviens bien, c'était un golden retriever.

— Vous avez bonne mémoire.

— Il lui est arrivé quelque chose ?

Le visage de Mutsuo s'assombrit.

— Il est mort la semaine dernière, de vieillesse. Il avait treize ans.

— Je suis désolé d'apprendre ça. Je ne sais pas quoi vous dire…

— Au moins, il est parti paisiblement. Je me dis que c'est une chance qu'il n'ait pas souffert, enfin, à ma connaissance, dit Mutsuo en se frictionnant la tête avec la serviette.

— Comment ça, à votre connaissance ? demanda Mme Kôtake.

— Eh bien… Récemment, ma femme…

Mutsuo s'interrompit, inspira un grand coup comme pour se donner du courage et poursuivit :

— Apollo n'était peut-être qu'un animal de compagnie, mais il nous a énormément apporté, au cours de ces treize années. Nous avons suivi un traitement contre l'infertilité, mais nous ne sommes pas parvenus à avoir d'enfant.

— Treize ans pour un chien, c'est l'équivalent de quatre-vingt-dix pour un humain, non ? Il me semble que les races de grand gabarit comme les golden retrievers atteignent rarement un âge aussi avancé, dit doucement Mme Kôtake en observant Mutsuo, qui gardait la tête baissée.

— C'est vrai. Nous nous y attendions et nous l'avons veillé à tour de rôle pendant ses derniers jours. Ça ne me pesait pas. Tout ce que je souhaitais, c'était de pouvoir passer ne serait-ce qu'un jour ou une seconde de plus en sa compagnie.

Tout en suivant la conversation, Nagare regardait le cadre posé à côté de la caisse. C'était un portrait de Kei, son épouse, qui souriait.

— Je comprends, murmura-t-il comme pour lui-même, sans que son visage change d'expression.

— Au bout d'un moment, la température d'Apollo a chuté et il s'est mis à avoir des spasmes. Ma femme est restée à ses côtés, pratiquement sans dormir. À cause de ça…

— Ne me dites pas que…

Mme Kôtake et Nagare échangèrent un regard.

— Si, ça s'est produit quand elle était seule avec lui. Elle m'a raconté qu'à son réveil, le corps de notre chien était déjà froid.

— Écoutez…

— Ça devait finir par arriver, je sais, et je lui ai dit, moi aussi. Mais elle ne parvient pas à se pardonner de s'être endormie alors qu'il était mourant et de ne pas avoir pu lui faire ses adieux.

— Dans ce cas, j'imagine que c'est votre épouse qui souhaite remonter le temps ?

— Non, répondit Mutsuo en secouant la tête. Elle ignore l'existence de cet établissement.

— Comment ça ?

— Je me suis juste dit que s'il était possible de retourner dans le passé, elle serait sans doute heureuse de revoir Apollo.

— Je comprends, acquiesça Mme Kôtake, avant d'aspirer ce qui restait de son café frappé.

— Vous connaissez les règles ? demanda Nagare, les bras croisés, à Mutsuo.

— Oui, j'en ai entendu parler et je les ai lues dans un magazine.

— Dans un magazine ?

Mme Kôtake fronça les sourcils. Mutsuo sortit un périodique de son sac à dos.

— Qu'est-ce que c'est que ça ?

— Vous n'étiez pas au courant ?

Mme Kôtake secoua la tête tout en feuilletant la publication.

— C'est cette page, regardez…

— Ça par exemple !

Mme Kôtake n'en croyait pas ses yeux. L'article s'intitulait : « Le café où il est possible de remonter le temps : à la recherche de la vérité. »

— J'ai répondu à une interview, une fois. C'était il y a combien d'années, déjà ? Sept ou huit ans, sans doute, car Kazu était encore au collège.

Mme Kôtake reporta son attention sur le magazine. Elle lut le début du texte à voix haute : « Le *Funiculi Funicula* a tellement fait parler de lui que chaque jour, des clients font la queue devant l'établissement dans l'espoir de voyager dans le temps… », puis elle survola le reste en silence.

— Je suis épaté que vous ayez conservé un si vieux numéro, dit Nagare en glissant les grains de café que Mutsuo lui avait commandés dans un sac.

— Je suis tombé dessus dans une librairie d'occasion. Il détaille même les règles, ajouta-t-il.

L'article en mentionnait cinq :

Règle n° 1 : Même si on retourne dans le passé, on ne peut rencontrer que des personnes qui ont déjà mis les pieds dans ce café.

Règle n° 2 : En dépit des efforts fournis, la réalité ne changera pas.

Règle n° 3 : Un fantôme occupe la chaise qui permet de remonter le temps.

Règle n° 4 : Quand on retourne dans le passé, on ne peut pas quitter sa chaise.

Règle n° 5 : Il y a une limite de temps.

— Le journaliste conclut qu'il ignore s'il est réellement possible de retourner dans le passé. C'est mauvais pour les affaires, non ? dit Mme Kôtake en gonflant les joues en signe de mécontentement.

— La fréquentation a toujours été à peu près stable, répondit Nagare.

Il tendit le sac à Mutsuo, pianota sur la caisse enregistreuse et annonça :

— Cela fait 1 200 yens, s'il vous plaît.

— Merci !

Mutsuo rendit la serviette à Nagare et paya l'addition.

— Si votre femme souhaite retourner dans le passé, je n'y vois aucun inconvénient. Cela étant dit, si elle ne se sent pas en paix, je ne vous le conseille pas. Qu'elle croie aux règles ou non, il est vital qu'elle les respecte. L'article ne le précise pas, mais les voyageurs doivent absolument revenir avant que leur café ne refroidisse. Si votre épouse ne finit pas sa tasse à temps, elle deviendra un fantôme et passera l'éternité sur cette chaise.

— Pardon ?

Mutsuo regarda la femme en blanc.

— Plus on est attaché à un être, humain ou animal, plus il est difficile de s'en séparer une deuxième fois. *A fortiori* quand, comme votre femme, on nourrit des regrets. Sous le coup de l'émotion, certaines personnes laissent leur café refroidir, alors qu'elles savent pertinemment qu'elles doivent le boire jusqu'à la dernière goutte.

Sunao aimait Apollo comme son propre fils, pensa Mutsuo. L'inquiétude se lisait sur son visage.

— Je vous suggère de bien en parler avec elle, ajouta Mme Kôtake avec délicatesse.

— Je vous remercie. J'ai bien fait de vous demander conseil.

Mutsuo prit son sachet de café en grains, s'inclina et tourna les talons.

— Attendez ! Il pleut encore dehors, dit Nagare.

Il alla chercher un parapluie dans la pièce du fond et le tendit à Mutsuo.

— Merci beaucoup !

— Je vous en prie.

Mutsuo s'inclina de nouveau plusieurs fois et sortit de l'établissement.

Ding-dong.

— Quand on y réfléchit bien, elles sont cruelles, ces règles, murmura Mme Kôtake après le départ de Mutsuo.

— Comment ça ?

— Quand on a une possibilité de changer les choses, on n'a pas de regrets. La femme de cet homme ne s'attendait sans doute pas à ce que son chien meure pendant son sommeil. Elle doit tellement s'en vouloir de s'être assoupie.

Mme Kôtake ne remettait pas les règles en question, mais elle ne pouvait s'empêcher de ressentir de l'empathie pour cette femme qui n'avait pas pu accompagner son animal jusqu'au bout.

— Si seulement on pouvait changer le présent…

— Si seulement, en effet…

— Pourquoi on ne doit pas se lever de cette chaise ? Pas forcément sortir dans la rue, mais au moins se déplacer dans la salle…

— Je me suis toujours posé la question.

— Et pourquoi un café et pas un thé ou n'importe quelle autre boisson ?

— Sur ce point, je ne suis pas d'accord avec toi. Rien ne vaut un café.

— Je te reconnais bien, là !

Mme Kôtake éclata de rire.

— Bon, j'y vais, ajouta-t-elle. Est-ce que tu peux me prêter un parapluie, à moi aussi ?

— Bien sûr !

Nagare se rendit dans la pièce du fond pendant que Mme Kôtake se dirigeait vers la caisse. Elle posa la somme due sur un petit plateau en faisant tinter les pièces.

— En dépit des efforts fournis, la réalité ne changera pas, murmura-t-elle.

Elle prit le parapluie que Nagare lui tendait, le salua et sortit.

Quelques jours plus tard, la saison des pluies prit fin.

« Le tonnerre annonce la fin de la saison des pluies », dit un dicton populaire, mais ce n'est pas un indicateur fiable. Quand le front pluvial saisonnier qui enveloppe le Japon se disperse et que les prévisions passent de temps largement nuageux et pluvieux à dégagé et chaud, on déclare qu'elle est achevée, mais comme ces critères ne sont pas précis, il arrive que la météo se dégrade à nouveau après la fin officielle de la saison des pluies.

Peu après la visite de Mutsuo, les autorités décrétèrent que le soleil était revenu pour de bon. Il faisait plus de trente degrés en journée, l'été commençait véritablement.

Un jour où le ciel était parfaitement bleu, une femme se présenta au café, un parapluie à la main. Elle s'appelait Sunao Hikita. C'était l'épouse de Mutsuo. Elle regarda longuement le panneau posé devant l'établissement.

C'est bien l'endroit dont Mutsuo m'a parlé.

Il n'y avait qu'une seule entrée. La façade était en brique et le toit voûté. Des appliques murales éclairaient l'escalier qui menait au sous-sol.

Sunao hésitait encore.

Elle inspira profondément et descendit lentement les marches. Dans la cage d'escalier, il faisait un peu moins chaud qu'en plein soleil, mais l'air ne circulait pas et la sueur se mit à perler sur son front. Sunao s'arrêta devant la grande porte en bois du deuxième sous-sol.

Si j'ai vraiment une chance de revoir Apollo, je dois la saisir, pensa-t-elle en la poussant.

Ding-dong.

Elle se retrouva dans un vestibule relativement vaste qui évoquait l'antichambre d'une maison traditionnelle.

Brr… il fait froid.

Elle portait un chemisier à manches courtes et, sans doute parce qu'elle avait transpiré, elle avait la chair de poule. Elle avança de quelques pas en silence. L'entrée se trouvait au milieu du vestibule. Un écriteau indiquant les toilettes était accroché à la porte du fond.

Sunao entra. La salle était plongée dans la pénombre et plus petite qu'elle l'imaginait. Il y avait trois tables pour deux et trois tabourets au comptoir. L'endroit ressemblait plus à un bar qu'à un café.

— Bienvenue, murmura une voix depuis l'autre côté du comptoir.

C'était Kazu.

Sunao avait travaillé dans la restauration pendant ses études et se sentait mal à l'aise quand l'accueil du personnel n'était pas chaleureux.

Si ça se trouve, ils refusent les nouveaux clients...

Elle parcourut la salle du regard. Un homme d'âge moyen occupait la table la plus proche et une femme vêtue d'une robe blanche était assise au fond.

— Est-ce qu'une place au comptoir vous convient ? demanda Kazu de sa voix douce.

— C'est inutile, je viens juste rendre le parapluie que mon mari vous a emprunté...

À peine avait-elle prononcé ces mots que déjà, elle regrettait sa réponse. Elle rapportait le parapluie, mais ce n'était pas la seule raison de sa visite. Elle était surtout là pour remonter le temps et voir Apollo, mais comme en son for intérieur elle doutait que ce soit réellement possible, elle n'osait pas aborder le sujet.

Kazu arrêta ce qu'elle était en train de faire et sortit de derrière le comptoir.

— Je vous remercie d'avoir fait le déplacement, dit-elle.

Elle s'inclina légèrement, prit le parapluie que Sunao lui tendait et disparut dans la pièce du fond.

— C'est la moindre des choses, répondit Sunao.

Sa mission était censée être terminée, mais elle ne tourna pas immédiatement les talons.

Puisque j'ai dit que je venais juste rendre ce parapluie, je ferais sans doute mieux de partir et de revenir une autre fois…

Au bout d'un moment, Kazu fit à nouveau son apparition et recommença à envelopper des couverts dans des serviettes en papier.

La serveuse fait semblant de ne pas me voir, mais je parie qu'elle se demande pourquoi je reste plantée là. Je ne peux quand même pas lui annoncer de but en blanc que je veux retourner dans le passé… Si la rumeur était fausse, je mourrais de honte. J'aurais dû lire plus attentivement l'article que Mutsuo m'a montré. Je ne l'ai même pas prévenu que je me rendais ici.

Elle en avait des sueurs froides. Elle releva la tête et s'aperçut que Kazu avait cessé de travailler et l'observait.

— Tout va bien ?

— Pardon ?

Sunao se sentit soulagée, car elle était en train de chercher un prétexte, n'importe lequel, pour relancer la conversation.

— Eh bien, est-ce que je peux vous demander un verre d'eau fraîche ? reprit-elle.

— Un verre d'eau fraîche ?

— Oui, il fait très chaud dehors et j'ai la gorge sèche…

— Bien sûr.

Kazu remplit un verre et le posa sur le comptoir.

— Voilà.

— Merci.

Sunao s'approcha lentement du comptoir et saisit le verre. Il ne contenait pas de glaçons, mais l'eau était très froide. Elle but une gorgée. Il y avait une petite touche de citron, c'était agréablement rafraîchissant. Bien qu'elle n'ait pas soif, elle vida le verre d'un trait.

— Merci beaucoup, dit soudain l'homme qui occupait la table la plus proche en se levant.

Il replia le magazine qu'il était en train de lire, le cala sous son bras et s'avança vers la caisse.

— Combien je vous dois ? demanda-t-il à Kazu.

— Trois cent quatre-vingts yens, s'il vous plaît, répondit-elle en pianotant sur la caisse enregistreuse.

— Tenez, dit l'homme en sortant une pièce de 500 yens du portefeuille qu'il portait autour du cou.

Son regard se fixa sur la femme en blanc.

— Voici votre monnaie.

L'homme rangea les pièces dans son portefeuille et partit sans un mot.

Ding-dong.

Sunao se retrouva seule avec Kazu et la femme en blanc. Du point de vue de la serveuse, elle n'était sans doute qu'une cliente qui était venue rendre un parapluie, avait bu un verre d'eau et ne faisait pas mine de s'en aller. En réalité, elle n'était même pas une cliente, puisqu'elle n'avait rien commandé. Pourtant, Kazu ne faisait aucun commentaire. Sunao était persuadée que si elle restait plantée au même endroit, la serveuse se remettrait à travailler comme si de rien n'était.

Je pourrais lui dire n'importe quoi, elle ne chercherait pas à en savoir davantage, pensa-t-elle.

— Excusez-moi, j'ai changé d'avis : est-ce que je peux vous demander un jus d'orange ?

— Bien sûr.

Comme Sunao l'avait prévu, Kazu ne s'était pas permis la moindre remarque. Elle s'était contentée de noter la commande, impassible.

Je vais lui dire les choses telles qu'elles sont, pensa Sunao en la regardant disparaître dans la cuisine.

C'était il y a treize ans.

— On m'a donné un chiot, avait joyeusement annoncé Mutsuo en jetant un coup d'œil au petit animal encore enfermé dans sa caisse de transport.

— Tu ne m'as pas demandé mon avis !

— Je sais, avait-il répondu sans se démonter.

— Les animaux de compagnie ne sont pas autorisés dans notre immeuble…

— Il n'y a plus personne chez mon père, on n'a qu'à aller s'installer là-bas.

Mutsuo avait grandi dans un appartement de standing du quartier de Jinbochô, qu'il occupait avec son père jusqu'à notre mariage. Ce dernier était décédé soudainement d'un infarctus du myocarde. Ses parents étaient divorcés, sa mère avait quitté le foyer familial quand il était petit et il n'avait pas de frères et sœurs. Le crédit était remboursé et je n'avais rien contre l'idée de déménager. En revanche…

— Tu comptes vraiment le garder ?

— Pourquoi, tu n'aimes pas les chiens ?

— Si, mais c'est contraignant, non ? Il faut les promener tous les jours, les nourrir, les emmener chez le vétérinaire… En plus, ils ne vivent pas longtemps.

En réalité, je détestais les chiens, ou plutôt les animaux dans leur ensemble, et je n'avais aucune envie de m'en occuper.

— Ça ne me fait pas peur, avait affirmé Mutsuo en sortant le chiot, un petit golden retriever, de la caisse.

C'est comme ça qu'Apollo est entré dans notre vie.

À son contact, j'ai découvert quelque chose de surprenant. Les chiens ont des sentiments. Jusque-là, je ne pensais pas qu'ils en étaient totalement dénués, mais en le côtoyant, j'ai compris qu'ils ressentaient presque les mêmes émotions que nous. Apollo connaissait la joie, la colère, la tristesse et le plaisir. Il déprimait quand on le grondait et faisait le fou quand on le félicitait. Ce qui m'a le plus étonnée, c'est sa réaction alors qu'un jour je pleurais devant une série télévisée. Il s'est approché doucement de moi et m'a regardée comme pour dire : « Pourquoi tu pleures ? Ça va ? Je suis là ! »

Il n'a évidemment pas prononcé ces mots, mais j'ai compris le message. Il a léché les larmes qui roulaient sur mes joues comme s'il savait ce qu'elles signifiaient. Pour la première fois, j'ai eu la nette sensation que nous étions liés. Qu'une communication non verbale était possible. On dit que l'amour n'a pas besoin de mots, et à cet instant, j'ai compris combien ce dicton est juste.

Apollo se sentait vite abandonné et détestait rester seul à la maison. Quand il était mal luné, il ne supportait pas que je descende les poubelles sans lui. Qu'est-ce qu'il était mignon, dans ces moments-là ! Il me semblait aussi innocent qu'un bébé. Mutsuo et moi n'avions pas d'enfant, et je me suis mise à aimer profondément cet animal qui quémandait sans cesse mon attention. J'avais l'impression qu'il me voyait comme sa mère.

Très rapidement, j'en suis venue à utiliser les mots « maman » et « papa » pour nous désigner, Mutsuo et moi. Avec l'accord de mon mari, j'ai changé d'emploi pour avoir la possibilité de télétravailler. Puisque nous avions eu la chance d'hériter de cet appartement, tant que nous ne faisions pas de folies, le salaire de Mutsuo aurait de toute façon suffi à nous faire vivre. Désormais, mon quotidien s'articulait autour d'Apollo.

Je ne saurais pas dire quand le changement s'est produit, mais Apollo a appris à deviner ce qui se cachait derrière nos paroles. Prenez le mot « non », par exemple. Il comprenait que cela signifiait qu'il devait arrêter ce qu'il était en train de faire, mais il faisait aussi la différence entre un « non » ferme et un « non » prononcé sur le ton de la plaisanterie. Pour dire les choses clairement, il savait dans quel état d'esprit nous étions et il était capable de décrypter nos sentiments.

— Ça suffit, Apollo, arrête !

Quand j'étais de mauvaise humeur, il obéissait immédiatement. En revanche, quand ses bêtises me faisaient sourire, il m'ignorait royalement. C'étaient les mêmes mots, la même situation, mais il savait quand je voulais réellement qu'il change de comportement.

— Qui a tort, d'après toi ? Papa ou maman ?

Papa !

— Tu viens prendre ton bain ?

Je déteste l'odeur de la mousse.

— Laisse-moi dormir encore cinq minutes...

Non ! Lève-toi ! Allons nous promener !

— Allez, on y va !

Super !

— Bonne nuit...

Bonne nuit.

Après avoir passé dix ans avec nous, il fatiguait plus vite. Pour un chien, dix ans, c'est l'équivalent de soixante-dix ans pour un humain. À cette époque-là, il me voyait sûrement comme sa fille. Au bout d'un moment, je me suis rendu compte que notre relation avait évolué : ce n'était plus moi qui veillais sur lui, mais l'inverse.

Je me sentais d'autant plus chanceuse de l'avoir dans ma vie que Mutsuo et moi ne parvenions pas à avoir d'enfant. Nous avions suivi un traitement contre l'infertilité, sans succès. Je n'irais pas jusqu'à dire que nous avions abandonné tout espoir, mais si Apollo n'avait pas été là, notre vie aurait été bien triste. Ma relation avec Mutsuo, qui aimait les enfants, se serait peut-être dégradée. Apollo nous avait permis de rester soudés.

Kazu était revenue de la cuisine et se tenait devant Sunao.

— Voilà.

— Excusez-moi… dit Sunao au moment où elle était sur le point de poser le verre de jus d'orange sur le comptoir.

Elle pensait que si elle n'entamait pas le dialogue à ce moment-là, elle n'y parviendrait jamais.

— Que puis-je faire pour vous ? demanda posément Kazu.

Sa voix était cristalline. Ses yeux, immenses. On aurait dit qu'ils étaient prêts à accueillir sans jugement tout ce qu'on voudrait bien leur confier.

— Mon mari affirme que dans ce café, il est possible de se rendre dans le passé, dit Sunao d'une petite voix, comme si elle se parlait à elle-même.

Kazu attendit la suite en silence.

— C'est pour cette raison que je suis venue, poursuivit Sunao.

Elle parla d'Apollo. Des regrets qu'elle éprouvait à l'idée qu'il était mort pendant qu'elle dormait. Du fait que Mutsuo lui avait suggéré de remonter le temps. Mais aussi des règles.

— J'hésite. D'après mon mari, même si on se rend dans le passé, il est impossible de quitter cette salle. Est-ce qu'il dit vrai ?

— Tout à fait. Plus exactement, il faut s'asseoir à une place bien précise et ne pas en bouger. Il est interdit de se lever, même à moitié.

— Donc, quoi qu'il arrive, je ne pourrai pas accompagner mon chien dans ses derniers instants, c'est bien ça ?

— En effet.

Kazu se contentait d'énoncer la vérité, sans chercher à l'enjoliver. Quand Sunao avait posé la même question à Mutsuo, il avait répondu : « Probablement pas, mais qui sait, il y a peut-être des exceptions », restant dans le vague pour la ménager. Il ne pensait pas à mal. Il était son époux, il la connaissait depuis longtemps et c'était lui-même qui lui avait conseillé de se rendre dans le passé. Mais il n'avait pas pu se résoudre à être aussi catégorique que Kazu.

Mutsuo était humain, il ne voulait pas que Sunao perde tout espoir, quitte à mentir un peu. C'était loin d'être la première fois que sa compassion était venue au secours de Sunao. Elle se raccrochait à ses paroles, c'était un aspect important de leur relation.

Mais entre Kazu et Sunao, toute sollicitude était superflue. Ce n'était pas ce que Sunao recherchait. Si elle était venue ce jour-là, c'était aussi pour qu'on lui présente la vérité sans fard. Si Kazu lui avait fait la même réponse sibylline que son mari, elle serait restée dans le brouillard.

— Je comprends. C'est ce que j'avais besoin de savoir.

Sunao sortit son téléphone portable de son sac et chercha une photo d'Apollo. Sur le cliché, ses maîtres le tenaient dans leurs bras. On aurait dit qu'il souriait.

— Apollo a vécu pour nous, de toutes ses forces, aussi longtemps qu'il a pu. Il nous a apporté énormément de bonheur. En retournant dans le passé, je n'espère pas prolonger son existence. Quand nous l'avons accueilli, nous savions que les chiens ne vivent pas vieux et qu'un jour, nous devrions lui faire nos adieux. Nous y étions préparés.

Une larme glissa le long de sa joue.

— Mon seul regret, reprit-elle, c'est de ne pas l'avoir accompagné dans ses derniers instants. Je n'ai pas pu lui dire au revoir.

Dans le verre de jus d'orange, un glaçon craqua. Comme il n'y avait pas de musique d'ambiance, on entendait les aiguilles des trois horloges égrener les secondes.

Sunao ne savait pas quoi dire d'autre. Son téléphone à la main, elle tremblait. Kazu se contenta de plisser les yeux et de fixer le verre de jus d'orange.

Clap.

Sunao se retourna. La femme en robe blanche venait de refermer son livre et elle était en train de se lever lentement, sans bruit.

J'avais oublié que je n'étais pas la seule cliente…

Sunao essuya ses larmes, se redressa et prit le verre.

Je bois ce jus d'orange et je m'en vais. Je me doutais que je ne pourrais pas être aux côtés d'Apollo quand il rendrait son dernier souffle, mais maintenant, il n'y a plus le moindre espoir. J'abandonne.

La femme en blanc passa silencieusement derrière Sunao et se dirigea vers les toilettes.

Je ferais mieux de rentrer tout de suite.

Elle n'avait bu que les deux tiers de son jus d'orange, mais elle s'apprêtait à descendre de son tabouret quand Kazu, qui était en train de débarrasser la tasse de la dame, lui dit :

— La place est libre. Aimeriez-vous vous asseoir ?

— Pardon ?

Sunao ne comprit pas immédiatement où Kazu voulait en venir. Elle se figea, un pied par terre.

— C'est à cette place qu'il faut s'installer pour remonter le temps.

— J'ai encore besoin d'y réfléchir.

— La décision vous appartient, dit Kazu en époussetant la table, avant de retourner dans la cuisine.

Elle n'avait pas intimé à Sunao de s'asseoir. Elle le lui avait proposé avec tact.

Maintenant que j'y pense…

Sunao se souvint de la conversation qu'elle avait eue avec Mutsuo au sujet des règles.

— Un fantôme ?

— Tu as bien entendu. D'après l'article, la chaise qui permet de voyager dans le temps est occupée par un fantôme.

— C'est une blague ?

— En tout cas, c'est ce qui est écrit. Il est même précisé qu'on ne peut s'y asseoir que quand ledit fantôme se rend aux toilettes.

— Bon, d'accord, mais pourquoi tu voudrais que je tente l'expérience ? Si je ne peux pas sortir du café, ça n'a aucun intérêt.

— Tu pourrais revoir Apollo, au moins…

— Peut-être, mais…

— Je pense que ça te ferait du bien.

— Pourquoi ?

— Parce que sinon, tu resteras empêtrée dans tes regrets et ça, Apollo ne l'aurait pas souhaité. Tu devrais lui confier ce que tu as sur le cœur.

— Ça serait égoïste de ma part, non ?

— Pas du tout, je suis sûr qu'il aimerait savoir ce que tu ressens.

— Ça, c'est toi qui le dis…

— Évidemment…

Sunao descendit de son tabouret et se dirigea vers la chaise que la femme en blanc venait de libérer.

J'aurais voulu l'accompagner jusqu'au bout…

Dans la vie, il y a des carrefours, et bien que tout le monde se pense à l'abri des regrets, personne ne l'est. Lorsque nos actions conduisent à une situation inattendue, ils nous assaillent vite, parce qu'il n'est pas possible de revenir en arrière.

Je me suis endormie alors qu'Apollo détestait être seul et que je m'étais promis de rester à ses côtés jusqu'à la fin. Je l'ai abandonné. Il a dû être si triste en comprenant que je m'étais assoupie alors qu'il était sur le point de rendre son dernier souffle. Je ne supporte plus cette idée. Je ne me supporte plus. Même si je retournais dans le passé, je ne pourrais rien faire de plus que m'excuser. Je ne mérite pas son pardon. Je ne mérite même pas de lui faire mes adieux. Seulement…

Sunao baissait la tête, ses épaules tremblaient. Ses larmes faisaient un petit bruit sec en tombant sur le plancher.

… seulement, j'aimerais le revoir. Croiser à nouveau son regard. C'est égoïste de ma part, j'en suis consciente. Mais j'ai envie de passer encore un peu de temps avec lui, une dernière fois.

— Voulez-vous vous asseoir ? demanda Kazu.

Sunao se retourna et répondit, les yeux rougis :

— Oui, s'il vous plaît. Renvoyez-moi dans le passé, quand Apollo était encore en vie.

— Très bien.

Cette fois non plus, Kazu ne demanda pas à Sunao ce qui la motivait à entreprendre ce voyage. Elle l'aida à s'installer, puis se rendit dans la cuisine et réapparut avec un plateau sur lequel reposaient une cafetière en argent et une tasse immaculée.

— Vous connaissez les règles, n'est-ce pas ?

— Oui, mais j'ignore de combien de temps je dispose précisément.

— Vous faites bien de le mentionner, dit Kazu en posant la tasse devant Sunao.

La tasse était vide.

— Je vais vous servir un café, reprit-elle. Vous devrez revenir avant qu'il n'ait refroidi.

— Avant qu'il n'ait refroidi ?

— Tout à fait.

À quelle vitesse refroidit un café ? se demanda Sunao en regardant la tasse. *En dix minutes ? En quinze ? C'est peut-être beaucoup plus rapide…*

Sunao était perplexe. La limite imposée était trop vague.

— C'est pourquoi je vous propose d'utiliser ceci, ajouta Kazu, qui avait perçu son trouble, en plaçant dans la tasse un objet qui ressemblait à un petit mélangeur à cocktails.

— Qu'est-ce que c'est ?

— C'est un thermomètre, il se mettra à biper avant que le café ne refroidisse complètement. Si cela se produit, terminez votre tasse le plus vite possible.

— C'est tout ce que j'ai à faire ?

— Oui.

— C'est compris.

Sunao ferma les yeux. Elle savait que dans ce genre de situation, sa respiration et son pouls avaient tendance à accélérer.

— Vous êtes prête ?

— Je peux vous poser une dernière question ?

— Bien sûr.

— Quoi que je fasse, cela n'affectera vraiment pas la réalité ?

— En aucune façon.

La réponse, immédiate, était conforme aux attentes de Sunao. Même si elle avait demandé à Mutsuo de rester avec elle pour l'empêcher de s'endormir, par exemple, ça n'aurait pas marché. Elle s'en doutait, mais elle avait préféré s'en assurer.

— Je vous remercie. Vous pouvez commencer.

— Revenez avant que le café ne refroidisse, insista Kazu en soulevant la cafetière.

D'un geste à la fois sobre et élégant, elle l'approcha de la tasse. Le bec fin laissa échapper sans bruit un filet de café, telle une fine ligne noire. La tasse fut bientôt pleine. Sunao sentit son corps onduler avec la vapeur, mais étrangement, cela ne l'inquiéta pas.

La perspective de revoir Apollo la réjouissait.

Elle eut la sensation de devenir légère et, peu de temps après, d'être aspirée vers le plafond. Autour d'elle, le paysage défilait de haut en bas comme une vidéo qu'on rembobine.

Nous n'arrivions pas à devenir parents.

Quand, au bout de sept ans de mariage, nous sommes allés consulter, nous avons appris qu'il était peu probable que je tombe enceinte. À ce moment-là, notre chien avait cinq ans. «On n'est pas pressés, puisque Apollo est là», avait dit Mutsuo, qui aimait tant les enfants. Nous avions alors entamé un processus de PMA, sans nous précipiter.

Un jour, je pense que c'était à cette époque, il s'était mis à pleuvoir pendant notre promenade et Apollo était rentré couvert de boue. J'étais sur le point de lui donner un bain.

— Viens, mon chien, c'est l'heure du bain.

— Apollo, maman t'appelle.

— Quoi ?

— Ne fais pas cette tête-là, tu ressembles à un lapin pris dans les phares d'une voiture.

— Tu viens de m'appeler «maman» ?

— Oui, et alors ? Ça te déplaît ?

— Non…

— Tant mieux, parce que j'avais un de ces tracs…

— Il y avait longtemps que tu y pensais ?

— Peut-être pas depuis le début, mais depuis un moment, oui.

— Dans ce cas, tu es son papa, toi ?

— Je suppose que oui.

Mutsuo se gratta la tête en rougissant.

— Merci.

— Il n'y a pas de quoi…

— Oh que si.

Depuis que j'avais pris connaissance des résultats de mes examens médicaux, je me sentais coupable.

C'est à cause de moi qu'on ne parvient pas à avoir d'enfant.

Je savais que Mutsuo rêvait d'être père, alors quand on m'avait annoncé ma probable infertilité, j'avais immédiatement pensé : *S'il ne m'avait pas épousée…*

Mais Mutsuo était venu à mon secours, et à ce moment-là, nous étions devenus une vraie famille, tous les trois. Pourtant, j'ai laissé notre chien mourir seul.

Je suis désolée, Apollo. Comment pourrais-tu me pardonner ?

— Ouaf !

Un aboiement d'Apollo, le premier depuis longtemps, me tira de ma torpeur. J'ouvris les yeux. Derrière le comptoir, la serveuse qui m'avait versé ce café avait été remplacée par un homme imposant qui se tenait debout, les bras croisés sur sa tenue de cuisinier.

— Ouaf ! Ouaf ! Ouaf !

— Arrête d'aboyer, enfin !

C'était Apollo et Mutsuo. Je ne les voyais pas, mais j'avais reconnu leurs voix. Ils devaient être au fond de l'entrée. L'homme en tenue de cuisinier sortit de derrière le comptoir, m'adressa un petit signe de tête et se dirigea vers eux.

— Sois sage, Apollo, tais-toi !

— Ne vous en faites pas pour ça.

— Je suis vraiment désolé.

— Ouaf ! Ouaf !

— D'habitude, il n'aboie pas autant…

— Ouaf !

Je ne voyais toujours ni mon mari ni mon chien, mais à sa façon d'aboyer, je devinais que nous étions environ un an dans le passé. Apollo avait des difficultés à se déplacer, mais il était encore capable de marcher. De temps à autre, Mutsuo profitait d'une promenade pour s'arrêter acheter du café en grains dans cet établissement.

Je voulus appeler Apollo, mais je parvins tout juste à articuler son nom dans un filet de voix.

— Apollo…

— Ouaf ! aboya-t-il, comme s'il m'avait entendue malgré le mur qui nous séparait.

— Apollo !

— Sunao ? réagit Mutsuo.

— Ouaf ! Ouaf ! Ouaf !

Mutsuo fit son apparition, traîné par notre chien.

— Non, Apollo, doucement ! tempéra-t-il.

Apollo avait déjà douze ans. Il ne faisait plus la fête comme avant, mais il agitait la queue à qui mieux mieux.

— Laissez-le faire. Cette personne est notre seule cliente en ce moment, dit l'homme en tenue de cuisinier en me regardant.

C'est eux que vous êtes venue voir, n'est-ce pas ? semblait-il me demander.

J'acquiesçai.

— Je… je suis désolé, s'excusa encore une fois Mutsuo, que le golden retriever avait entraîné jusqu'à ma table.

— Ouaf !

Apollo s'assit, haletant, et avança la tête vers moi. Il voulait une caresse. Je m'exécutai d'une main tremblante. Sa fourrure était tiède. Je me souviens à quel point je l'avais trouvé froid après son décès. Je n'aurais jamais imaginé sentir sa chaleur à nouveau. Il était vivant.

Apollo avait sans doute apprécié mes caresses, car il se coucha à mes pieds. Il avait dû se fatiguer en tirant sur la laisse. Pendant que toute mon attention était tournée vers lui, Mutsuo s'assit en face de moi.

— Qu'est-ce que tu fais ici ? Qu'est-ce qui se passe ? demanda-t-il.

— Tu ne t'y attendais pas, pas vrai ?

— Bien sûr que non. Tu m'avais dit que tu ne pouvais pas nous accompagner parce que tu devais aller chez tes parents.

— C'est ça qui t'étonne ?

— Pourquoi, il y a autre chose ?

— Non, pas du tout…

— Je n'ai pas tout compris, mais peu importe. Tu veux bien tenir ça une minute ? demanda-t-il en me confiant la laisse d'Apollo.

Mutsuo se leva, se dirigea vers l'homme en tenue de cuisinier et s'inclina d'un air penaud, puis il revint à ma table.

— Et donc ? m'interrogea-t-il en regardant Apollo.

— Et donc quoi ?

— Pourquoi tu es revenue ?

— Pardon ?

— Tu viens du futur, pas vrai ?

La question était lourde de sens, mais il l'avait posée sur le ton de la plaisanterie, en asticotant Apollo.

— Oui…

C'était tout lui. Il lui arrivait de faire semblant d'ignorer certaines choses ou de changer de sujet par égard pour autrui. Quand nous avons appris que c'était à cause de moi que nous ne pouvions pas avoir d'enfant, il m'avait dit que ce n'était pas un problème, sur le même ton que si je lui avais annoncé que j'étais trop fatiguée ce soir-là pour préparer autre chose qu'un curry.

La première fois qu'il avait utilisé le mot « maman » pour me désigner, ça m'avait semblé naturel, alors qu'en réalité il y avait longuement réfléchi. Cette fois, il avait choisi de me faire marcher un peu pour détendre l'atmosphère. C'est une stratégie qu'il avait souvent employée pour voler à mon secours. J'avais hésité à lui annoncer que je venais du futur, mais il avait pris les devants. Il avait sans doute deviné la raison de ma visite. C'est pourquoi, quand je lui dis simplement : « C'est Apollo… », il répondit tristement : « Je comprends. »

À cette époque, nous évitions de parler de son espérance de vie. Rien que d'y penser, j'étais terrassée de chagrin.

— Est-ce qu'il a souffert ? demanda-t-il soudain.

Mon cœur se serra dans ma poitrine. Je n'étais pas en mesure de lui répondre, puisque je m'étais assoupie.

Les larmes me montèrent aux yeux. Je m'en voulais tellement que j'étais pétrifiée de honte, mais je ne pouvais rien changer à ce qui s'était passé. Je me sentais également coupable vis-à-vis de Mutsuo, mais il n'aurait servi à rien de lui mentir. Je lui devais la vérité. Même si je ne la lui avais pas avouée à ce moment-là, il aurait fini par l'apprendre.

— Pour tout te dire, je n'ai pas pu l'accompagner jusqu'à la fin, articulai-je à grand-peine. Ce jour-là, tu t'étais absenté pour le travail. J'étais seule avec lui. Je lui ai donné de l'eau avec une pipette et j'ai mangé un peu.

Ma voix tremblait. C'était la première fois que je lui expliquais en détail comment les choses s'étaient déroulées. Dans le présent, tout ce que j'avais réussi à lui confier, c'était qu'Apollo était mort pendant que je m'étais assoupie. Pour me consoler, Mutsuo m'avait dit beaucoup de choses que j'avais presque toutes oubliées.

— On avait prévu un grand panier pour pouvoir être toujours à ses côtés et on se relayait jour et nuit, repris-je. Ce jour-là, Apollo a bu avec plaisir et il a ouvert les yeux pour la première fois depuis longtemps. Je l'ai serré dans mes bras et je me suis allongée contre lui. J'étais heureuse de sentir sa chaleur, d'entendre sa respiration.

Mutsuo m'écoutait en silence, acquiesçant de temps à autre.

— Je me suis levée, ou plutôt j'ai pensé m'être levée en me disant qu'il était encore en vie, que ce n'était pas pour tout de suite. Malheureusement, c'était un rêve. Quand je me suis réveillée, je me suis rendu compte que j'avais dormi deux heures.

Je fermai les yeux. Les mots restaient coincés dans ma gorge. Les larmes inondaient mes joues et tombaient de mon menton.

— Pardonne-moi, Mutsuo. Je passe mon temps à m'en prendre à toi, alors que tu n'as rien fait de mal.

— Dans le futur, tu veux dire ?

— Ah, oui, c'est vrai.

— Ça a dû être dur pour toi.

— Très…

— Ne t'inquiète pas, tu n'as pas à t'en vouloir. Je suis sûr qu'Apollo était heureux. Il a eu la chance de mourir dans tes bras, tu te rends compte ? Pas vrai, Apollo ?

— Ouaf !

— Tu vois bien !

Je n'arrêtais pas de pleurer. Mutsuo avait su trouver les mots, une fois de plus. Apollo frotta à nouveau sa tête contre moi. Il faisait toujours ça quand il voulait que je le félicite ou quand il était content. Je le serrai dans mes bras de toutes mes forces.

Je l'embrassai et je le caressai partout où je pouvais le toucher sans quitter ma chaise. C'est à ce moment-là que l'alarme retentit.

Bip bip bip bip, bip bip bip bip.

Je n'avais pas vu le temps passer.

— C'est l'heure ?

— Oui.

— Alors bois !

— D'accord…

Je m'exécutai. Je savais que rien ne changerait, mais j'étais contente d'avoir fait le voyage, d'avoir parlé avec Mutsuo et d'avoir revu Apollo. Mon corps se mit à onduler, comme à l'aller, mais je continuai à caresser Apollo.

Mutsuo posa la main sur la mienne et me demanda :

— Tu avais remarqué ?

— Quoi ?

— Qu'Apollo attend que tu t'endormes avant de sombrer dans le sommeil.

— Quoi ?

— Tu ne pouvais pas le savoir, puisque tu dormais.

— Ce n'est pas vrai, c'est toujours lui qui s'endort en premier !

Dès que je lui avais souhaité bonne nuit, il se couchait dans son panier et sa respiration s'apaisait. Nuit après nuit, je le voyais fermer les yeux avant de me glisser dans mon lit.

— Tu te trompes.

— Comment ça ?

— Il se relève systématiquement pour vérifier que tu dors avant de se recoucher.

— Pardon ?

— Tu t'endors avant lui.

— Tu plaisantes ?

— Tu te souviens de la fois où tu pleurais toute seule en pleine nuit ?

— Ah…

C'était le soir de mon trente-troisième anniversaire. Notre deuxième tentative de fécondation in vitro avait échoué et j'avais décidé de renoncer à être mère. Nous avions Apollo. J'avais beau essayer de me raccrocher à cette idée, la tristesse m'avait submergée. Dans ces moments-là, Apollo avait toujours été à mes côtés.

— Depuis ce jour-là, il a pris l'habitude de faire semblant de s'assoupir en attendant que tu t'endormes. Une fois qu'il était sûr que tu étais dans les bras de Morphée, il te léchait les paupières et retournait se coucher.

— Tu mens…

— C'est pour ça que tu n'as pas pu l'accompagner jusqu'au bout…

— Quoi ?

— Il attendait que tu t'endormes.

— Je…

— Il s'est assuré que tu étais assoupie et ensuite, seulement ensuite, il a fermé les yeux pour de bon.

Je me rappelle à peine la suite. Je me souviens vaguement que j'ai fondu en larmes, que j'ai serré Apollo dans mes bras en le remerciant encore et encore et qu'il m'a gentiment léché la joue entre deux aboiements.

— Pousse-toi.

Mutsuo et Apollo avaient disparu et la femme en blanc me dévisageait d'un air furieux.

— Excusez-moi…

Sunao se leva en hâte, la vue brouillée par les larmes, et le fantôme reprit sa place.

— Comment ça s'est passé ? demanda Kazu, qui se tenait derrière Sunao.

Cette dernière regarda la salle de ses yeux rougis. Elle avait encore du mal à croire qu'elle était de retour.

Apollo…

Kazu débarrassa la tasse de Sunao et disparut dans la cuisine. La femme en blanc se remit à lire comme si de rien n'était. Sunao ne voyait que les trois horloges qui indiquaient chacune une heure différente, le ventilateur en bois qui brassait l'air au plafond, et le fantôme. Comme la pièce était dépourvue de fenêtres, on y perdait la notion du temps.

Est-ce que c'était un rêve ?

Il n'y avait plus la moindre trace de la présence d'Apollo. Pourtant, elle l'avait revu, elle en était certaine. Il était censé être mort, mais elle sentait encore sa chaleur dans la paume de sa main et sur sa joue.

Peu après, Kazu réapparut avec un café pour la femme en blanc.

— Je ne comprends pas…

— Que voulez-vous dire ?

— Le présent n'a pas changé, n'est-ce pas ?

— En effet.

— Le passé non plus ?

— Non plus.

— Alors, pourquoi j'ai l'impression que tout est différent ?

Sunao regarda Kazu d'un air suppliant, mais cette dernière, fidèle à elle-même, se contenta de répondre, impassible :

— Je l'ignore.

— Je vois…

Sunao régla l'addition et sortit du café, perplexe.

Le soleil avait commencé à descendre dans le ciel, teintant la ville de reflets orangés. Les ombres s'allongeaient. *Qu'est-ce qui a bien pu m'arriver ?* me demandai-je sur le chemin du retour.

J'avais été rongée de remords pendant si longtemps. Je n'avais nulle part où les exprimer et je pensais qu'ils m'accompagneraient toujours. Pourtant, un sentiment inattendu s'était emparé de moi. Si je devais le verbaliser, je dirais que je me sentais reconnaissante.

J'avais hâte de retrouver Mutsuo pour le lui annoncer. J'étais persuadée qu'il me répondrait en riant :

— Ça, c'est moi qui te l'ai soufflé dans le passé, pas vrai ?

Peut-être avait-il raison, ça m'était égal. J'aurais aussi aimé le dire à Apollo. Jusqu'à présent, je n'avais fait que m'excuser, mais ce n'était pas ce qu'il attendait de moi. Il ne voudrait pas que je pleure. Il ne souhaitait que mon bonheur. Une fois à la maison, je les remercierais tous les deux.

3

La jeune femme qui n'avait pas su quoi répondre à une demande en mariage

Dès le moment où son petit ami lui avait fixé rendez-vous au *Funiculi Funicula*, Hikari Ishimori avait eu la nette impression qu'il allait lui proposer de l'épouser.

Il ne va quand même pas faire ça ici ?

C'était à se demander ce qui lui était passé par la tête. L'établissement n'avait aucun charme. Il se trouvait au deuxième sous-sol et ne disposait d'aucune fenêtre. Par manque d'éclairage, la salle était plongée dans une pénombre sinistre.

Tiens ?

Trois horloges se dressaient du sol au plafond, mais leurs aiguilles n'indiquaient pas du tout les mêmes chiffres. Hikari consulta sa montre et constata que celle du milieu était à l'heure. Sa première impression avait été : *Jamais je ne remettrai les pieds ici.* Le timing, le lieu, tout était mal choisi. Hikari soupira intérieurement.

Elle avait fait la connaissance de Yôji Sakita deux ans auparavant lors d'un événement consacré aux escape games, un type de jeux de rôles dans lesquels les participants doivent résoudre des énigmes en un temps limité pour sortir de la pièce dans laquelle ils sont enfermés. À cette occasion, les joueurs étaient répartis en équipes de six. Hikari, accompagnée de deux autres filles, s'était retrouvée avec Yôji et deux de ses amis. Le jeune homme était un passionné et lui avait confié qu'il n'hésitait pas à s'inscrire seul certains week-ends.

La première chose qu'elle avait pensée de lui avait été : *Ce type a une tête d'oignon avec des lunettes.* Quand il était petit, les autres le surnommaient sans doute « l'intello ». Elle ne pouvait s'empêcher de rire à chaque fois qu'il remontait ses lunettes sur son nez. Les membres de l'équipe avaient sympathisé et s'étaient retrouvés régulièrement pour de nouvelles parties.

Hikari espérait que ces sorties en groupe allaient perdurer, mais au bout de six mois, deux couples s'étaient formés. Il ne restait plus que Yôji et elle, que les autres avaient lourdement encouragés à se fréquenter.

La troisième veille de Noël qui avait suivi leur rencontre, Yôji avait demandé sa main dans ce café.

— J'aimerais que tu patientes encore un peu, avait répondu Hikari quand il lui avait tendu la boîte qui contenait la bague.

Cela faisait un an qu'ils se fréquentaient. Elle n'avait pas été surprise, car de temps en temps, la conduite de Yôji trahissait son désir de l'épouser.

— Ne te méprends pas, ce n'est pas que je n'ai pas envie de me marier, avait-elle ajouté.

La vérité, c'était qu'elle n'était pas certaine qu'il soit la bonne personne, mais elle n'osait pas le lui dire, de peur de le blesser. Elle se sentait coupable. Elle ne lui reprochait pas sa passion pour les jeux de rôles, car c'était ce qui les avait rapprochés et elle y consacrait plus de temps que lui. Elle savait que ses revenus étaient stables, puisqu'il était fonctionnaire. Pourtant, la perspective du mariage ne l'emballait pas. Elle ne s'inquiétait pas pour l'avenir, mais elle nourrissait le vague espoir de rencontrer quelqu'un qui lui correspondrait mieux.

Elle n'avait que vingt-huit ans, elle n'était pas pressée. Celles de ses amies qui s'étaient mariées aux alentours de vingt-quatre ou vingt-cinq ans divorçaient les unes après les autres, ce qui la faisait également douter de l'intérêt du mariage. Elle ne craignait pas la solitude et ne ressentait pas l'envie de se caser à tout prix.

On est très bien comme ça, non ?

Alors qu'elle écoutait Yôji demander sa main, elle s'était rendu compte qu'elle se fermait. Elle n'était pas farouchement opposée à l'idée, mais le moment était mal choisi.

— Je commence tout juste à avoir des responsabilités, dit-elle.

Ce n'était pas un mensonge. Hikari était devenue organisatrice de mariages un an plus tôt. Avant ça, elle avait été employée de bureau dans une grande entreprise dont elle avait démissionné pour échapper au harcèlement moral de son supérieur. Désormais, ses horaires étaient irréguliers et elle travaillait généralement le week-end. Ses revenus avaient baissé, mais elle s'entendait bien avec sa hiérarchie et se sentait à sa place. Dans le cadre de cette nouvelle activité, il lui arrivait d'être touchée par le bonheur des couples qu'elle accompagnait.

Est-ce que je serai aussi heureuse qu'eux si j'épouse Yôji ? se demandait-elle.

Cette pensée l'empêchait de sauter le pas. Elle ne savait pas comment exprimer ce qu'elle ressentait et elle était consciente de son intransigeance, mais elle ne voulait pas se marier tant qu'elle aurait la moindre hésitation.

— Je suis désolée, je sais que c'est égoïste de ma part, s'était-elle contentée de dire avant de baisser les yeux.

Elle n'avait pas touché à son café, qui avait complètement refroidi.

— Je comprends. J'aurais dû deviner que c'était un peu précipité, avait répondu Yôji en riant jaune.

Hikari avait ressenti un pincement au cœur, mais elle ne voulait pas se mentir à elle-même.

Elle était convaincue que Yôji n'aurait pas été heureux si elle l'avait épousé en mettant ses doutes de côté.

— Je t'attendrai le temps qu'il faudra, avait ajouté Yôji avant de finir son café.

— Tout ça, c'était l'année dernière, conclut Hikari, qui s'était efforcée d'expliquer ce qu'elle avait éprouvé à l'époque le plus fidèlement possible.

Trois personnes l'avaient écoutée en silence : le patron du café, Nagare Tokita, la serveuse, Kazu Tokita, et une habituée assise au comptoir, Fumiko Kiyokawa. En réalité, il y avait une quatrième personne dans la salle, qui lisait sans bruit à la table du fond. Bien qu'on soit au mois de décembre, elle ne semblait pas avoir froid dans sa robe blanche à manches courtes. Le récit de Hikari ne devait pas l'intéresser, car elle n'avait pas levé les yeux de son livre une seule fois.

— Où en êtes-vous avec lui ? demanda Fumiko qui, contrairement à la femme en blanc, mourait d'envie d'en savoir plus.

— Il m'a quittée il y a six mois.

— Alors qu'il vous avait assuré qu'il vous attendrait ?

— Oui.

— Pour quelle raison ?

— Il m'a dit qu'il avait rencontré quelqu'un d'autre...

— C'est la meilleure, celle-là ! Rendez-vous service, oubliez-le. S'il n'a pas été fichu de patienter six mois, il ne mérite pas que vous pensiez à lui une seconde de plus. Vous avez vraiment bien fait de ne pas l'épouser ! Ce n'est même pas la peine de retourner dans le passé.

— Pardon ?

Hikari était déconcertée qu'une inconnue se permette de tirer des conclusions si rapidement. Elle lança un regard suppliant à Nagare et à Kazu.

Nagare fronça les sourcils sans décroiser les bras.

Kazu continua à essuyer les verres, impassible, comme si elle n'avait pas suivi la conversation.

Qui sont ces gens ?

Hikari n'était pas convaincue qu'il soit possible de remonter le temps, mais elle s'en serait voulu de ne pas tenter sa chance. À aucun moment Nagare et Kazu ne lui avaient demandé ses raisons, c'était Fumiko qui avait posé la question. Comme c'était leur première rencontre, elle avait supposé que Fumiko parlait pour le groupe et qu'elle était tenue de s'expliquer. Elle savait qu'elle ne pouvait pas leur reprocher de garder le silence et surtout, elle avait honte. Elle n'aurait pas dû leur raconter sa vie privée. Elle se sentait misérable.

Qu'est-ce que je fabrique ?

Elle se mit à regretter d'être venue.

— Rien ne vous empêche d'entreprendre le voyage, dit une voix douce.

Hikari leva la tête et constata que Kazu la regardait.

— C'est vrai ?

— Bien sûr.

Hikari réalisa que depuis son arrivée, elle n'avait échangé qu'avec Fumiko. Kazu lui avait seulement souhaité la bienvenue et Nagare s'était contenté de grommeler quelque chose. Les choses sérieuses commençaient enfin.

— Dans ce cas, faites-moi remonter le temps ! s'exclama-t-elle. Renvoyez-moi ce jour-là, il y a un an.

— Alors que votre démarche est vouée à l'échec ? intervint Fumiko.

— Il faut essayer pour le savoir, non ? s'agaça Hikari.

— Pardonnez-moi, je me suis mal exprimée, dit Fumiko, penaude.

Hikari regretta son emportement.

— Vous n'êtes sans doute pas au courant, reprit Fumiko, mais s'il est possible de se rendre dans le passé, on ne peut en aucun cas modifier le présent.

— Comment ça ?

Cette révélation n'était pas du goût de Hikari.

— C'est pourtant simple. Même si vous retourniez dans le passé et que vous acceptiez cette demande en mariage, ou que vous proposiez vous-même à cet homme de vous épouser, il finirait quoi qu'il arrive par rencontrer une autre femme et par vous quitter.

— Mais pourquoi ?

— Parce que c'est la règle, répondit calmement Kazu.

— La règle ?

— Oui. Le voyage dans le temps est encadré par des règles strictes.

Kazu avait parlé d'une voix douce, mais catégorique. Hikari la regarda dans les yeux et comprit qu'elle avait affaire à un mur. Elle aurait beau protester, elle n'obtiendrait rien. Pourtant, elle essaya de résister :

— Est-ce que je pourrais accepter sa demande, au moins ?

— Bien sûr.

— Vraiment ?

— Oui, mais il ne vous épousera pas, répondit Kazu, tuant tout espoir dans l'œuf.

— Et si on réservait un lieu pour la cérémonie ?

— Le jour J, quelque chose vous empêcherait de célébrer votre union. Un accident ou un problème administratif, par exemple…

Hikari était perdue.

Si le passé change, le présent aussi.

Elle pensait que c'était une vérité universelle, mais sa théorie venait de s'effondrer.

— Vous plaisantez ?

Dites-moi que c'est une blague !

— Non, c'est la vérité.

— Quel est l'intérêt de cette règle ?

— Je l'ignore, mais elle ne souffre aucune exception. Vous n'épouserez pas cet homme et il finira par vous quitter pour une autre. D'ici là, votre relation n'évoluera pas, mais elle ne se dégradera pas non plus. Inversement, vous auriez beau lui annoncer que vous souhaitez rompre avant qu'il n'envisage lui-même cette option, vous ne vous sépareriez pas.

— C'est ridicule…

À bout de force, Hikari s'effondra sur une des chaises de la table du milieu.

Je ne m'attendais pas à des règles aussi stupides.

Plusieurs mois après la rupture, elle avait reçu un message de Yôji qui disait :

« Il paraît que dans le café où je t'ai demandée en mariage, il est possible de retourner dans le passé. »

Pas de salutations, rien, juste ces trois lignes.

Hikari s'était sentie mal et s'était mise à trembler. Elle ne comprenait pas pourquoi, après l'avoir quittée pour une autre, il se fendait d'un message sans queue ni tête. Quelque chose ne tournait pas rond chez lui. Elle n'avait pas répondu.

Quelques jours plus tard, elle avait appris son décès.

La coïncidence était troublante. Ce n'était pas la première fois qu'elle ressentait cela. Il lui arrivait d'avoir ce genre d'intuitions quand elle participait à un escape game et qu'elle parvenait à la solution en établissant un lien entre plusieurs éléments sans rapport apparent.

La demande en mariage.

La trahison.

La mort soudaine.

Et ce dernier message, qui l'avait poussée à se rendre au café.

Elle avait espéré pouvoir changer les choses, mais cet espoir venait d'être réduit à néant.

— Elle a dû être choquée d'apprendre qu'on ne pouvait pas modifier le présent, murmura Fumiko en fixant le plafond d'un air absent.

— C'est une réaction normale, répliqua Nagare.

— C'est vrai.

Fumiko était retournée dans le passé pour revoir son petit ami, qui était soudainement parti aux États-Unis. À l'époque, elle ne connaissait pas les règles, elle non plus.

Les principales étaient au nombre de cinq :

Règle n° 1 : Même si on retourne dans le passé, on ne peut rencontrer que des personnes qui ont déjà mis les pieds dans ce café.

Règle n° 2 : En dépit des efforts fournis, la réalité ne changera pas.

Règle n° 3 : La place qui permet de voyager dans le temps est déjà occupée.

Règle n° 4 : On ne peut pas quitter sa chaise.

Règle n° 5 : Il y a une limite de temps.

Dans un premier temps, Fumiko avait été tentée de baisser les bras, elle aussi. Puis elle s'était dit que si rien ne pouvait modifier le présent, autant en profiter pour assener ses quatre vérités à l'homme qui avait eu le culot de quitter le pays sans lui demander son avis. Son compagnon n'avait pas renoncé à ses projets, mais il lui avait ouvert son cœur.

Fumiko s'assit au comptoir.

— Au fait, comment va ton petit ami ? s'enquit Nagare.

— Bien, *a priori*, répondit Fumiko au bout d'un moment.

— Tu es sans nouvelles ?

Fumiko suivit du doigt le bord de sa tasse.

— Pas de nouvelles, bonnes nouvelles, comme on dit, fit Nagare.

Il prit la tasse de Fumiko et partit la remplir en cuisine.

— Tu as raison, murmura-t-elle.

Cette femme m'insupporte, pensa Hikari.

Fumiko, qui ne la connaissait ni d'Ève ni d'Adam et n'était même pas une employée de l'établissement, s'était permis de lui annoncer d'un air supérieur que sa démarche était vaine. D'après ce que Hikari venait d'entendre, elle s'obstinait à ne pas prendre de nouvelles de son amoureux.

Maintenant que la conversation a dévié sur lui, elle ne fait plus la maligne.

Parfois, il suffit de quelques mots pour savoir ce que les autres ont sur le cœur, tant leur expression ou leur langage corporel sont éloquents. Fumiko baissait les yeux et se mordait la lèvre inférieure, elle essayait visiblement de cacher ce qu'elle ressentait. Elle était sans doute mécontente de ne pas avoir de nouvelles de l'homme qu'elle aimait, mais elle était incapable de le lui dire.

Pour qui elle se prend ?

Fumiko était une belle femme, sa force de caractère et sa fierté se lisaient sur son visage aux traits harmonieux. Elle était certainement déterminée à ne pas contacter son petit ami tant qu'il ne lui aurait pas fait signe.

C'est puéril.

Il lui aurait suffi de lui envoyer un message. Elle s'entêtait alors qu'elle avait la chance qu'il soit en vie. Hikari se rendit compte qu'elle était jalouse. Voilà pourquoi Fumiko l'irritait.

Non seulement elle est belle, mais elle est en couple. Tout ce qui me manque, à moi.

Aucun homme ne rejetterait Fumiko. Si son petit ami actuel et elle se séparaient, elle en retrouverait un autre en un rien de temps. Cela dit, il y avait peu de risques qu'il la quitte, et elle pouvait se permettre de bouder un peu.

La vie est injuste. Je n'ai pas ce luxe, moi. Je devrais le savoir, mais j'ai commis l'erreur de ne pas accepter immédiatement la demande de Yôji. Il n'est sorti avec moi que parce que j'étais la seule fille encore disponible du groupe. J'ai eu tort de penser qu'il m'avait choisie pour ma personnalité. Je me faisais des idées. J'avais oublié que les hommes ne s'intéressent qu'au physique.

Quand il lui avait dit qu'il l'attendrait, elle l'avait cru. Jusqu'à ce qu'il lui annonce qu'il avait rencontré quelqu'un. Elle avait trouvé ça cruel.

Je n'aurais peut-être pas dû le faire patienter, mais je suis persuadée que si j'avais été plus jolie, les choses auraient été différentes.

Elle avait des yeux globuleux, un nez épaté, des lèvres trop minces. Un visage ordinaire, dénué de personnalité. Contrairement à Fumiko, elle ne pouvait pas faire la fine bouche.

Si j'avais eu ne serait-ce que les yeux, le nez ou la bouche de cette femme, Yôji ne serait jamais allé voir ailleurs.

Fumiko possédait absolument tout ce dont Hikari rêvait. C'était irritant.

Décidément, je suis jalouse.

Elle savait qu'il ne fallait pas se comparer aux autres, mais quand elle se souvenait de la tête de Yôji lorsqu'il lui avait avoué aimer une autre femme, le dépit reprenait le dessus.

Si j'avais accepté sa demande ce jour-là, je ne serais sans doute pas si envieuse.

Il était trop tard. Elle ne reverrait jamais Yôji.

— En réalité… commença-t-elle à l'intention de Fumiko, qui était sur le point de tremper les lèvres dans son café.

— Pardon, vous disiez ?

Fumiko reposa la tasse sur sa soucoupe et se tourna vers Hikari.

— Mon petit ami…

— …

— Il est décédé. Après notre séparation.

— Quoi ?!

Fumiko échangea un regard avec Nagare.

— Il avait un problème cardiaque. Je savais qu'il se rendait à l'hôpital de temps en temps, expliqua Hikari en fixant le sucrier qui se trouvait sur sa table. Quand il m'a quittée, je ne m'attendais pas à ce qu'il meure. Je me suis dit qu'il n'avait pas apprécié que je retarde le mariage, et je lui en ai même voulu.

Mais…

Au fond de son cœur, un doute subsistait.

… et s'il m'avait menti parce qu'il savait que ses jours étaient comptés ?

Hikari se mit à rire.

Non, c'est ridicule.

Elle n'osait pas émettre cette hypothèse à voix haute.

Et si j'avais raison ?

Ça remettrait en question tout ce qu'elle avait ressenti au cours des six mois qui avaient suivi la rupture.

Qu'est-ce que ça changerait pour moi ?

Hikari sentit le regard de Nagare et de Fumiko sur elle et secoua légèrement la tête.

De toute façon, il est trop tard. À quoi bon retourner dans le passé si cela ne change pas le présent ?

— Je pensais que si je remontais le temps, je pourrais au moins l'encourager à se faire soigner avant qu'il ne soit trop tard, et j'espérais que s'il avait une chance de survivre, on ne se séparerait pas, précisa-t-elle d'une voix faible.

Seulement, on ne pouvait pas rattraper le temps perdu, sinon cet établissement serait beaucoup plus connu. Il serait même assiégé de personnes désireuses de réparer les erreurs du passé. Hikari ne voyait aucun autre client que la femme en blanc et Fumiko dans la salle exiguë et sans fenêtres. D'après le menu, le café ne coûtait que 380 yens. Le plat le plus cher, les pâtes au poulet et à la crème de pérille, culminait à 980 yens. La jeune femme ne connaissait rien à la restauration, mais avec une fréquentation et des prix aussi bas, elle doutait que l'établissement soit viable financièrement. S'il était réellement possible de remonter le temps, certaines personnes seraient prêtes à payer 10 000, peut-être même 100 000 yens pour une tasse de café.

Autrement dit, si on ne peut pas modifier le présent, cet endroit n'a aucun intérêt.

Si on lui avait garanti qu'elle pourrait venir en aide à Yôji et l'épouser, elle aurait peut-être accepté de débourser un million, non, dix millions de yens. Dix millions, ce n'est pas cher payé pour sauver une vie. Mais le lieu était modeste.

Et s'il l'était, c'était parce qu'on ne pouvait pas changer la réalité. Tout était clair comme de l'eau de roche. La plupart des gens ne pensaient pas qu'on puisse remonter le temps dans un endroit pareil.

— Bon, j'ai compris que j'étais venue pour rien. Je vais m'en aller, combien je vous dois ?

Hikari se leva et attrapa son manteau. Elle regarda en direction de la caisse, derrière laquelle Kazu l'attendait. Hikari lui tendit la note.

— Trois cent quatre-vingts yens, s'il vous plaît, répondit froidement Kazu.

Depuis qu'elle avait mis le pied dans la salle, Hikari avait trouvé que Kazu était étrangement effacée. Elle parlait peu et ne semblait pas faite pour travailler au contact de la clientèle. Quand Hikari avait raconté son histoire, Fumiko et Nagare lui avaient prêté une oreille attentive, mais la serveuse avait continué de s'activer, indifférente. Elle ne se mêlait pas des affaires d'autrui. Hikari était jalouse de Fumiko, mais cette dernière avait au moins eu le mérite de s'intéresser à elle. Nagare s'était contenté d'acquiescer, les bras croisés, mais il l'avait écoutée. En dehors de la cliente en blanc, seule Kazu l'avait ignorée.

— Êtes-vous sûre de vouloir partir comme ça ? demanda-t-elle pourtant à Hikari, qui ne comprit pas immédiatement le sens de cette phrase.

Elle jeta un coup d'œil à son sac et à la place où elle s'était assise, mais elle n'avait rien oublié.

À part mes regrets.

Elle ne pensait pas que Kazu l'ait remarqué et surtout, elle essayait de les faire taire.

— Oui, répondit-elle sans réfléchir en prenant sa monnaie.

Mais aussitôt, elle se mit à douter. Kazu ne l'avait pas retenue. Elle s'était contentée de lui demander si elle était bien certaine de vouloir s'en aller, ce qui avait renforcé son malaise.

Avant de mourir, Yôji avait prétendu avoir rencontré quelqu'un et l'avait quittée. Mais était-ce la vérité ? Alors qu'il lui avait promis d'être patient ?

Et s'il avait menti pour que nous nous séparions ?

Ça changerait tout. Ça signifierait que Yôji l'avait mise en colère exprès.

Il aurait fait en sorte que je lui en veuille ?

Pourquoi ?

C'est évident.

Pour que je ne sois pas triste.

Une minute.

Ce n'est qu'une supposition de ma part. J'essaie d'enjoliver la réalité.

Mais…

Et s'il avait vraiment menti pour m'épargner ?

Une simple question de Kazu avait suffi à raviver les doutes que Hikari avait sans doute voulu étouffer. Pourtant, cette interprétation collait mieux à la personnalité de Yôji. Il n'était pas du genre à changer d'avis si facilement, sinon, elle ne serait pas tombée amoureuse de lui.

Je ne sais pas quoi faire.

Fumiko, perplexe, observait Hikari qui ne faisait pas mine de partir alors qu'elle avait déjà réglé. Kazu restait debout près de la caisse, les yeux baissés. Une serveuse ordinaire aurait remercié la cliente et se serait inclinée. Kazu, elle, semblait attendre que quelque chose se produise. En la regardant, Hikari eut une révélation.

— Excusez-moi, est-ce que je peux vous poser une dernière question ?

— Je vous en prie, répondit Kazu.

— S'il est impossible de changer la réalité, ça signifie que rien de ce que je pourrais dire n'aura la moindre incidence ?

— En effet.

— Même si je prévenais mon petit ami de sa mort imminente ?

— Je le crains.

— Cela n'affectera pas son espérance de vie ?

— Non, les règles sont formelles.

— Est-ce qu'il se souviendra que je l'ai mis au courant ?

— Oui, sa mémoire sera intacte.

— Vous êtes certaine ?

— Absolument. En revanche, je ne peux pas vous garantir qu'il vous croira, tout dépend de sa personnalité.

— Il pourrait penser que je plaisante ou bien me faire confiance…

— C'est cela.

— Je comprends.

L'intuition de Hikari ne l'avait pas trompée. Il était possible d'envisager le problème sous un angle nouveau. À l'heure actuelle, Hikari savait que Yôji était voué à rencontrer quelqu'un d'autre, même si, dans le passé, il l'ignorait encore. Que Hikari choisisse de remonter le temps ou non, le couple finirait par se séparer, c'était inéluctable.

Elle essaya de se mettre à la place de Yôji. Attendre la mort avec une petite amie qui ne se sentait pas prête à se marier, ce n'était pas du tout la même chose que d'attendre la mort auprès de quelqu'un qui avait accepté sans hésiter.

Pour Hikari, ça ne changeait rien, mais ça faisait sans doute une grande différence pour Yôji et la manière dont il allait vivre ses derniers mois. S'il devait rencontrer quelqu'un d'autre, qu'il en soit ainsi. Et s'il avait menti, encore mieux.

— Tout compte fait, j'aimerais remonter dans le passé et essayer de résister un peu à la réalité.

— Comme vous voudrez.

Kazu tourna les talons et disparut dans la cuisine sans chercher à en savoir plus. Hikari eut la désagréable impression d'avoir été percée à jour.

— Qu'est-ce qui vous a fait changer d'avis ? lui demanda comme elle s'y attendait Fumiko alors qu'elle retournait s'asseoir.

Rien ne l'obligeait à lui livrer toute la vérité. Aussi se contenta-t-elle de dire :

— Je ne veux pas avoir de regrets.

— Je vois.

Fumiko avait sans doute ses propres préoccupations, car elle ne chercha pas à poursuivre la conversation. Elle sortit du café comme si elle venait de se souvenir qu'elle avait quelque chose à faire. La clochette de la porte d'entrée tinta. Elle était peut-être partie contacter son petit ami, ou peut-être pas. En tout cas, elle semblait avoir compris le message que Hikari avait voulu lui transmettre : « Ne risquez-vous pas de regretter votre obstination ? »

En fonction de sa sensibilité, chacun réagit différemment aux propos d'autrui. C'était aussi le cas de Hikari. Son premier réflexe avait été de tourner les talons, mais les mots de Kazu l'avaient fait changer d'avis. Elle était désormais convaincue que ce voyage dans le temps pouvait avoir un sens.

Pour Yôji.

L'espace d'un instant, elle se remémora ce qu'elle ressentait pour lui lorsqu'ils se fréquentaient et son cœur se serra. Elle réalisa qu'elle avait tout fait pour ignorer ses sentiments.

J'étais trop bouleversée pour admettre que je l'aimais, mais ça va mieux, maintenant. Et puis, il y a quelque chose que je dois vérifier.

Elle n'avait plus la moindre hésitation. Elle reposa son manteau sur le dossier de la chaise et s'assit.

Kazu revint de la cuisine, remplit à nouveau sa tasse et lui expliqua qu'on ne pouvait revoir que les personnes qui avaient déjà fréquenté l'établissement et qu'il fallait s'installer à une place précise que l'on ne pouvait quitter sous aucun prétexte.

Ces règles fixaient certaines limites, mais rien qui empêcherait Hikari de mener sa mission à bien. La seule chose qui l'avait étonnée, c'était le fait que la femme en blanc soit un fantôme.

— Vous êtes sérieuse ?

— Absolument. Si vous voulez retourner dans le passé, vous allez devoir attendre qu'elle libère sa chaise, avait ajouté Kazu, impassible.

Kazu n'avait pas l'air d'être du genre à plaisanter, et après tout, s'il était possible de voyager dans le temps, pourquoi les fantômes n'existeraient-ils pas ? Ce n'était pas cela qui perturbait Hikari.

— Elle va aux toilettes ? demanda-t-elle.

Elle s'attendait presque à ce que Kazu lui dise que c'était une blague, mais celle-ci confirma :

— Une fois par jour, sans exception. Vous devrez en profiter pour vous glisser à sa place.

Kazu lui expliqua ensuite que cela pouvait survenir n'importe quand, que la seule solution était de patienter et que, si elle le souhaitait, elle pouvait rester après la fermeture. Hikari savait que l'horloge du milieu était à l'heure. Au moment où elle la consulta, cette dernière sonna cinq fois. Il était dix-sept heures.

— J'attendrai, dit-elle en tendant la main vers sa tasse.

Le breuvage avait un goût très différent du café instantané ou du café filtre du commerce qu'elle consommait habituellement. Elle avait probablement commandé la même chose lorsqu'elle était venue avec Yôji, mais elle n'en avait aucun souvenir.

Je n'étais pas en état de l'apprécier.

Elle leva les yeux. La femme en blanc était face à elle, plongée dans son livre. Qu'un fantôme aille aux toilettes, passe encore, mais qu'il lise ? Hikari se demanda si elle feuilletait inlassablement le même ouvrage. Comme elle tournait régulièrement les pages, elle lisait peut-être réellement. Mais comprenait-elle ce qu'elle lisait ? Avait-elle des préférences ? Hikari était intriguée.

— Que lisez-vous ? lui demanda-t-elle.

Évidemment, la femme ne répondit pas.

— Kaname aime les romans, expliqua Nagare.

Hikari s'étonna que le fantôme ait un nom, mais le fait qu'elle lise des romans piquait encore plus son intérêt.

— Des romans ?

— Oui.

— Comment le savez-vous ?

— Parce que de son vivant…

— Pardon ?

Nagare se racla la gorge, embarrassé. Il semblait s'inquiéter de la réaction de Kazu, car il lui jeta un coup d'œil en coin. Hikari avait entendu les mots « de son vivant », elle en était certaine. S'il avait appelé le fantôme « Kaname », c'est parce qu'elle était, d'une façon ou d'une autre, liée à l'établissement. D'après l'attitude de Nagare, le sujet était sensible. Seulement, plus on cache quelque chose à quelqu'un, plus cette personne a envie de percer le secret à jour.

— Qui était-elle ? demanda Hikari.

Clap.

On entendit le bruit d'un livre qu'on referme, puis la femme en blanc se leva sans bruit. Hikari se recroquevilla instinctivement sur sa chaise.

Elle vient de se lever ! C'est un fantôme, mais elle a des jambes !

La femme en blanc passa devant Hikari sans faire le moindre bruit et se rendit aux toilettes, à droite de l'entrée.

— La place est libre.

— Pardon ?

Distraite par le fantôme, Hikari n'avait pas vu Kazu approcher.

— Voulez-vous vous y asseoir ?

— Bien sûr ! s'exclama Hikari.

— Dans ce cas, avant que vous ne vous installiez, je vais vous expliquer une dernière règle très importante.

— Je pensais que vous en aviez terminé.

— Pas tout à fait.

L'identité de la femme en blanc intriguait Hikari, mais sa priorité était de remonter le temps pour retrouver Yôji.

— Je vous écoute, dit-elle au bout d'un moment.

— Une fois que vous serez assise sur la bonne chaise, je vous servirai un café.

— J'en ai déjà un…

— Ce n'est pas le même.

— Si vous le dites.

Hikari en était à sa deuxième tasse depuis son arrivée, et comme elle n'aimait pas gâcher, elle avait bien l'intention de la terminer. Elle n'avait rien contre le café, mais trois, ça commençait à faire beaucoup. Elle soupira.

— Et ensuite ?

— Vous ne pourrez séjourner dans le passé que tant que ce café sera encore chaud. Vous devez impérativement revenir avant qu'il n'ait refroidi.

— Vraiment ?

Hikari toucha la tasse qui se trouvait devant elle. Kazu la lui avait apportée cinq ou six minutes plus tôt, mais elle était encore chaude. Elle ne serait pas complètement froide avant un moment. La jeune femme estima qu'elle pourrait passer entre quinze et vingt minutes dans le passé, ce qui était amplement suffisant pour accepter la demande en mariage de Yôji et revenir. Elle s'était attendue à pire. En comparaison de l'impossibilité de changer le présent, ce n'était qu'un petit désagrément.

— Très bien. Tout ce que j'ai à faire, c'est de finir ma tasse avant que le café ne refroidisse, c'est ça ?

C'était une règle facile à respecter. Hikari but deux gorgées de son deuxième café. Il n'était pas encore tiède, mais il n'était plus brûlant non plus.

— Qu'arriverait-il si je ne la terminais pas à temps ? demanda-t-elle par curiosité.

Kazu ne répondit pas immédiatement.

— Eh bien…

— Eh bien quoi ?

Hikari fronça les sourcils.

— Vous deviendriez un fantôme et seriez condamnée à passer l'éternité sur cette chaise.

— Pardon ?

Hikari regarda en direction des toilettes, puis de Kazu. Celle-ci fixait la chaise sur laquelle la femme en blanc – ou plutôt le fantôme – était encore assise quelques instants auparavant.

Je risque ma vie ?

Elle ne s'attendait pas à devoir prendre un tel risque.

« Avant que le café n'ait refroidi », c'est un peu flou, non ?

Hikari toucha de nouveau la tasse.

Tiens…

Le café, qu'elle avait trouvé chaud il y avait quelques minutes à peine, était indubitablement froid.

Quoi, déjà ?

Elle avait besoin d'indications plus précises. Qu'est-ce qui comptait : la température du contenant ou celle du contenu ? En été, le café ne restait-il pas tiède indéfiniment ?

— Que décidez-vous ? demanda Kazu.

Hikari comprit que cette question signifiait à la fois : « Êtes-vous prête à prendre le risque de devenir un fantôme ? » et « Si vous voulez faire marche arrière, c'est maintenant. »

Elle réfléchit à nouveau à ce qu'elle ressentait.

Elle avait deux raisons de retourner dans le passé : vérifier si Yôji lui avait menti quand il avait affirmé avoir rencontré quelqu'un d'autre et, dans tous les cas, accepter sa demande en mariage. Pour lui, mais aussi pour elle-même.

J'ai besoin de lui dire ce que je ressens.

Cela dit, elle ne voulait pas devenir un fantôme. En théorie, il suffisait de boire son café avant qu'il ne refroidisse, mais le côté flou de cette règle l'inquiétait. Et si le café passait de presque froid à irrémédiablement froid pendant qu'elle était absorbée par la conversation ? Ça se jouait peut-être à un degré, voire à 0,1 degré. Plus elle y pensait, plus elle doutait.

Si je ne revois pas Yôji maintenant, je risque de le regretter.

Hikari vida sa deuxième tasse de café et en contempla le fond. Elle s'attendait à ce que le breuvage soit encore tiède, mais il était tout à fait froid. Elle n'aurait pas su estimer précisément sa température, mais intuitivement, elle savait qu'il pouvait être considéré comme tel. Elle avait pu constater qu'un café tiédissait beaucoup plus vite qu'elle ne l'avait imaginé, mais aussi que sa perception du temps ne correspondait pas à la réalité. Le temps n'était peut-être pas absolu, mais relatif.

Je n'aurai qu'à terminer ma tasse dès que je la trouverai tiède au toucher.

Hikari posa la tasse sur sa soucoupe. Sa décision était prise.

— Je voudrais le revoir et lui dire ce que je ressens, répondit-elle en se levant lentement.

Je ne veux plus avoir de regrets.

Elle avait cherché toutes sortes de prétextes pour retourner dans le passé, mais une seule chose importait en réalité.

Mon désir de revoir Yôji est plus fort que la peur.

— Très bien.

Kazu tourna les talons et disparut dans la cuisine.

— Est-ce que je peux déjà m'asseoir là-bas ? demanda Hikari à Nagare, qui se tenait coi derrière le comptoir.

— Bien sûr.

Hikari se mordit la lèvre et avança jusqu'à la chaise qu'il lui indiquait de la main. Elle sentit son pouls accélérer. Elle ne risquait pas d'être envoyée dans le passé à l'instant où elle serait installée, mais qui sait ce qui pourrait arriver d'autre ? Elle se glissa prudemment entre la table et la chaise et s'assit lentement.

— …

Rien de particulier ne se produisit. L'assise semblait en tout point identique à celle des autres sièges, à ceci près qu'elle était plus froide au contact. D'ailleurs, ce n'était pas que la chaise. Elle avait l'impression que la température de l'air qui l'entourait était aussi plus basse.

C'est la place du fantôme, pensa-t-elle.

Un frisson courut le long de sa colonne vertébrale.

Je risque de passer le reste de l'éternité sur cette chaise.

Hikari ferma les yeux et secoua la tête pour chasser cette image. Kazu revint de la cuisine avec un plateau sur lequel reposaient une tasse immaculée et une cafetière en argent. Elle débarrassa la tasse de la femme en blanc et posa celle qu'elle avait apportée devant Hikari.

— Si vous êtes prête, je vais vous servir votre café.

— Vous pouvez y aller.

— N'oubliez pas de revenir avant qu'il ne refroidisse.

— Bien sûr.

Tout à l'heure, Hikari avait estimé qu'elle disposerait de quinze à vingt minutes. Mais maintenant qu'elle connaissait les risques, les choses étaient différentes. Elle resterait le moins longtemps possible, et dans tous les cas, pas plus de dix minutes.

C'est alors que Kazu lui tendit un objet d'une dizaine de centimètres de long, qui ressemblait à un mélangeur à cocktails. Hikari l'interrogea du regard.

— Si vous le positionnez comme ceci, il sonnera juste avant que le café ne refroidisse complètement. Vous devrez alors terminer votre tasse.

— C'est une alarme ?

— Oui.

— Je vois.

En réalité, Hikari avait pensé : *Si vous me l'aviez dit plus tôt, je n'aurais pas autant tergiversé !* mais elle savait que quoi qu'elle dise, la serveuse resterait de marbre. Ce n'était sans doute pas volontaire de sa part et, pour être honnête, Hikari se sentait maintenant plus légère.

— Je peux ? demanda Kazu.

Hikari inspira profondément et répondit :

— Oui, merci.

Kazu s'inclina légèrement et saisit la cafetière. La tension monta d'un cran. Hikari se rendit compte que ses mains tremblaient. Elle avait peur. Pas de devenir un fantôme, non, mais de revoir un mort. Que ressentirait-elle, face à lui ?

Kazu la vit fermer les yeux et se mordre la lèvre. Elle souleva la cafetière et murmura :

— N'oubliez pas de revenir avant que le café ne refroidisse.

Hikari entrouvrit les paupières et l'observa verser le café dans la tasse. Un filet de vapeur s'éleva vers le plafond. Hikari essaya de le suivre du regard.

Hein ?

Autour d'elle, le paysage se mit à onduler. Son corps ne lui appartenait plus. Le plafond était très proche. Elle ne suivait plus la vapeur du regard, elle était la vapeur.

C'est une blague ?

Ce n'était pas le plafond qui se rapprochait, mais le paysage qui défilait. Comme dans un kaléidoscope, les événements qui avaient eu lieu dans ce café apparaissaient en haut de son champ de vision et disparaissaient en bas.

Je remonte réellement le temps !

Hikari ferma de nouveau les yeux. Elle était désorientée. Elle avait peur aussi. Mais elle allait revoir Yôji. Son souffle s'accéléra.

J'ai le trac.

Cette sensation lui était familière. Elle l'avait ressentie longtemps avant de sortir avec lui.

À l'école primaire, les garçons de ma classe s'étaient moqués de moi parce que je m'étais coupé les cheveux court. Ça ne m'avait pas réellement traumatisée, mais j'avais toujours évité de réitérer l'expérience, jusqu'au jour où je m'étais à nouveau jetée à l'eau et où j'avais tiré la langue devant le miroir d'un air victorieux.

Ce matin-là, à la télévision, un astrologue avait affirmé que se couper les cheveux portait chance en amour. D'après lui, un passage chez le coiffeur changeait l'image que les autres avaient de nous. Ses paroles avaient fait tilt. À l'époque, un des garçons du groupe avec lequel je participais à des escape games me plaisait. Il s'appelait Ryô Ninomiya. Il était grand, mince et sportif. Apparemment, il avait joué au volley au collège et au lycée. Je m'étais coupé les cheveux dans l'espoir d'attirer son attention. Quand nous nous étions revus tous les six, il m'avait dit : « Tiens ? Tu t'es coupé les cheveux ? », ce qui m'avait rappelé cet épisode douloureux de mon enfance.

Il ne s'était pas moqué de moi, n'avait pas émis de jugement, mais j'avais compris qu'il n'était pas convaincu. J'avais espéré qu'il me dise que ma coupe était jolie ou qu'elle m'allait bien, mais sa réaction m'avait immédiatement fait regretter mon geste. Je m'étais forcée à rire pour cacher mon trouble, mais ce jour-là, je ne m'étais pas amusée. Plus je riais, plus mon mal-être s'accentuait. Je passais mon temps à toucher mes cheveux tout en sachant que ce n'était pas cela qui les ferait repousser. J'avais honte de m'être laissé influencer par un devin. J'étais infiniment triste. Et je riais de plus belle.

— Ça te va bien aussi, les cheveux courts, m'avait dit Yôji.

Je n'oublierai jamais ce moment. C'était sur le chemin du retour. Ces quelques mots pleins d'attention et de gentillesse avaient apaisé mon cœur meurtri. En me forçant à rire, j'avais envoyé un SOS. Comme personne n'avait réagi de la journée, j'avais même envisagé de cesser de fréquenter ce groupe d'amis. Ça n'aurait pas été la première fois que je me serais effacée de la sorte, mais Yôji m'avait fait changer d'avis.

Au bout d'un an, mes cheveux avaient retrouvé leur longueur habituelle. Pendant ce temps, deux couples s'étaient formés. Un jour, après une partie, ils étaient partis chacun de leur côté, nous laissant, Yôji et moi, en tête à tête. D'habitude, Yôji prenait le métro le plus proche, tandis que je marchais seule jusqu'à une autre station. Cette fois, il m'avait accompagnée en arguant qu'il n'était pas pressé. C'était Noël et, fait rare, il neigeait. Nous avancions en faisant crisser la neige sous nos pas. Je m'efforçais de ne pas trop m'éloigner de lui tout en restant à une distance raisonnable, mais je m'étais rapprochée sans m'en rendre compte et j'aurais presque pu m'appuyer sur lui. D'ailleurs, j'avais envie de m'appuyer sur lui. Je regardais mes pieds qui foulaient la neige.

— Long aussi, ça te va bien, avait soudain murmuré Yôji.

— Pardon ?

Il regardait fixement devant lui. L'air qu'il expirait se transformait en buée blanche.

— Tes cheveux.

J'avais saisi une mèche entre mes doigts.

— Ah, tu veux dire que les deux passent ? avais-je répondu malicieusement – ou était-ce avec espoir ?

— Non, que les deux te vont bien.

— Plus ou moins.

— Non, c'est joli.

— C'est vrai ?

— Oui.

— Merci.

Il avait réagi comme je l'avais espéré. Nous avions souri en silence et continué à avancer dans la neige. J'étais heureuse. Il s'était souvenu de la journée où j'avais été blessée et où il m'avait tendu la main, un an plus tôt. Il avait sans doute attendu que mes cheveux repoussent pour me dire ça. C'était élaboré, et ça me plaisait. Par la suite, il m'avait avoué que ce jour-là, il avait eu l'intention de me proposer officiellement de sortir avec lui. Je reconnais que je m'en doutais.

Voilà pourquoi j'ai des regrets. Il m'a demandée en mariage ici. Il a fait l'effort d'être explicite. Pour moi, il était naturel que nous soyons ensemble. J'étais naïve. Je pensais que notre relation durerait éternellement, mais ça n'a pas été le cas. Si j'avais le pouvoir de tout reprendre à zéro, je le ferais sans hésiter. Je lui dirais à quel point il comptait pour moi, lui aussi. Même si cela ne changeait rien au présent.

Hikari ignorait pendant combien de temps elle avait regardé le passé défiler devant ses yeux. Ça lui avait semblé très long et très rapide à la fois. Était-ce ce que les gens voyaient avant de mourir ?

Oh !…

Yôji était assis devant elle. Enfin, devant elle, façon de parler, car il était en réalité à une autre table. Ils se faisaient face à distance. Hikari se trouvait derrière la chaise qu'elle avait occupée un an auparavant, à la place de la femme en blanc. Elle ne se sentait pas à l'aise. Ce qui la perturbait le plus, c'était de revoir Yôji, qui était censé être décédé.

— Yô ! s'écria-t-elle en s'apprêtant à se lever.

Sous le coup de l'émotion, les règles lui étaient sorties de la tête.

— Reste assise ! lui cria-t-il en levant la main.

— Pardon ?

L'espace d'un instant, Hikari se demanda pourquoi il réagissait de la sorte, puis elle se souvint des règles et se laissa retomber sur la chaise. Si Yôji n'était pas intervenu, elle aurait été renvoyée illico vers le présent.

— On l'a échappé belle, dit Yôji en faisant mine d'essuyer la sueur de son front.

— Hein ?

Il sait que je viens du futur ?

Hikari se mit à paniquer.

Ce n'est pas parce qu'il connaît les règles qu'il peut en être certain.

Cela dit, il ne l'aurait pas arrêtée d'un geste s'il ignorait d'où elle venait. D'autant plus qu'il n'avait pas hésité.

— Ne me dites pas que…

Hikari jeta un coup d'œil à Kazu, silencieuse derrière le comptoir. *C'est vous qui l'avez prévenu ?* l'interrogea-t-elle du regard. Non seulement Kazu ne réagit pas, mais elle disparut dans la cuisine comme si elle n'avait pas remarqué l'expression de Hikari.

— Hé, attendez !

En réalité, Hikari savait que si elle lui avait posé la question explicitement, la serveuse lui aurait répondu que c'était impossible. Comme elle arrivait du futur, à moins d'être extralucide, Kazu n'avait aucun moyen d'anticiper sa visite.

Dans ce cas, comment Yôji était-il au courant ?

Ce dernier se leva et se dirigea vers elle. Sous le coup de l'émotion, Hikari oublia tout ce qu'elle était venue lui dire. Yôji s'assit en face d'elle sans hésitation. Leurs regards se croisèrent. Hikari était tendue, mais Yôji arborait un large sourire.

Il n'a quand même pas l'intention de me proposer de l'épouser ?

Hikari secoua la tête.

Non, si mes souvenirs sont exacts, il n'avait pas l'air aussi joyeux avant d'aborder le sujet.

Elle ne saisissait pas ce qui le rendait si radieux. La première chose qu'elle devait vérifier, c'est s'il lui avait déjà fait sa demande. Si c'était non, il lui suffirait d'accepter immédiatement la bague. Si c'était oui, ce serait plus compliqué. Elle devrait lui expliquer pourquoi elle avait refusé de façon qu'il comprenne ses arguments. Même si cela ne changeait pas son destin, puisqu'elle avait fait l'effort de remonter le temps pour le voir, elle ne voulait pas qu'il y ait de malaise entre eux.

L'horloge tourne.

— Comment as-tu su que je venais du futur ? demanda-t-elle.

Mon café va refroidir à toute allure. Je dois aller droit au but.

Elle déglutit. Sa respiration et son pouls étaient rapides.

J'ai beau savoir que rien de ce que je pourrai dire ou faire n'aura la moindre incidence sur le présent, je ne peux pas m'empêcher de stresser. Je ne voudrais pas que la conversation le mette mal à l'aise. Heureusement, ma question n'a pas l'air de l'avoir surpris.

— Je t'attendais.

— Pardon ?

— J'attendais que tu viennes du futur.

— Tu m'attendais ? Moi ?

— Oui.

— Comment ça ?

— Je t'avais dit que je serais patient, non ?

Hikari ne comprit pas immédiatement où Yôji voulait en venir.

— Souviens-toi. C'était ici même, tout à l'heure.

Tout à l'heure ?

— Quand je t'ai proposé de m'épouser, tu m'as dit que tu préférais te concentrer sur ton travail pendant quelque temps et tu m'as demandé d'attendre un peu. Tu as oublié ?

Le travail?

Hikari, perdue, regarda autour d'elle. Au plafond, les pales du ventilateur en bois tournaient. Les trois horloges en pied égrenaient les minutes. Tout lui revint en mémoire. Effectivement, ce jour-là, Yôji lui avait dit qu'il serait patient.

Une minute…

— C'était ça que tu voulais dire ?

Moi qui pensais qu'il attendrait que je sois satisfaite de ma situation professionnelle…

— Oui.

Hikari était sans voix.

— Si je t'ai donné rendez-vous ici, c'était pour pouvoir attendre que tu viennes du futur si ma demande ne se passait pas comme prévu. Tu ne me croiras peut-être pas, mais c'est la vérité.

— Je n'en reviens pas.

— À mon tour de te poser une question. À l'époque d'où tu viens, je suis déjà mort ?

Yôji n'avait pas sourcillé davantage que s'il lui avait demandé si elle avait passé une bonne soirée.

— Hein ? Qu'est-ce que tu racontes ? bafouilla Hikari.

Elle sentit la colère monter en elle. Il aurait dû se douter qu'elle n'était pas suffisamment forte pour répondre oui du tac au tac, mais il l'avait malgré tout interrogée. Elle se mit à trembler, on entendait ses dents claquer.

— Je suis désolé, dit Yôji.

Elle ne comprenait pas comment il pouvait sourire dans ces circonstances.

Il m'a donné rendez-vous ici en sachant que ses jours étaient comptés ?

— Alors, qu'est-ce que je t'ai dit ? reprit-il.

— Quand ça ?

— Quand je t'ai quittée.

— Parce que ça aussi, c'était prémédité ?

— Bien sûr. J'ai l'intention de le faire dès que mon état se dégradera trop.

Pour Hikari, c'était du passé, mais pour lui, ça n'avait pas encore eu lieu. Le fait qu'il ait employé le futur l'attrista. C'était difficile à croire, évidemment. Mais s'il disait vrai…

Je n'ai pensé qu'à moi.

Elle ferma les yeux, abattue d'avoir été si aveugle.

— Alors ? insista Yôji en fixant Hikari du regard.

— Tu m'as dit que tu avais rencontré quelqu'un.

— J'en étais sûr ! s'exclama Yôji en se renversant si loin en arrière que les pieds de devant de sa chaise se soulevèrent.

Sa voix résonna dans toute la salle. Hikari le dévisagea froidement.

— J'avais imaginé toutes sortes de scénarios, reprit Yôji.

— Comment ça ?

— Pour notre rupture. J'aurais pu faire semblant d'avoir perdu ceci pour provoquer une énorme dispute, par exemple, dit-il en sortant une montre à bracelet de cuir de la poche gauche de sa veste.

C'était la montre que Hikari lui avait offerte pour son anniversaire. Ne sachant pas quel modèle lui irait le mieux, elle avait passé une semaine à faire le tour des horlogers après son travail. S'il lui avait annoncé qu'il l'avait égarée, elle lui aurait demandé dans quelles circonstances, mais ne se serait pas fâchée pour autant.

— Sinon, j'aurais pu prétendre être très endetté ou exiger des cadeaux hors de prix, poursuivit Yôji en riant. Ou ne plus donner signe de vie, tout simplement, conclut-il avec un sourire triste.

Hikari comprit que c'était cette dernière piste qu'il privilégiait alors.

— Mais j'ai préféré te dire que j'avais rencontré quelqu'un. Remarque, pourquoi pas ? dit-il.

Au fond, il était sans doute soulagé de ne pas avoir choisi de disparaître sans explication.

— Tu n'as pas trouvé ça étrange que j'aille voir ailleurs alors que je t'avais promis d'attendre ? demanda-t-il.

— J'étais tellement sous le choc que je n'ai pas su quoi répondre.

— J'imagine.

Yôji rit de nouveau. Il avait dû se douter qu'elle viendrait à sa rencontre après avoir appris sa mort. Elle fronça les sourcils, mécontente.

— Pourquoi tu ne m'as rien dit ?

— Au sujet de ma maladie ?

— J'aurais préféré être au courant.

— Si je t'avais tout expliqué, tu n'aurais pas pu refuser ma demande.

Je reconnais qu'il n'a pas tort. Je pensais qu'il était encore trop tôt pour nous marier et je n'étais pas certaine d'avoir envie de passer le reste de mes jours avec lui. Mon travail n'était qu'un prétexte. Cela dit, si j'avais su pour sa maladie, je n'aurais sans doute pas eu le cœur de dire non. C'est même probable. Je n'aurais pas été en mesure de faire un choix librement. Inversement, si j'avais trouvé le courage de refuser, après sa mort, je m'en serais terriblement voulu.

Ça lui aurait empoisonné la vie. Yôji, qui la connaissait bien, savait qu'elle aurait eu du mal à surmonter sa culpabilité.

— C'est pour ça que j'ai décidé de patienter.

Il a attendu que je vienne le retrouver de mon propre chef. Si je l'avais réellement cru capable de me quitter pour une autre, je n'aurais pas fait l'effort, et puis, j'avais besoin de lui dire ce que je ressentais et j'espérais entendre la vérité de sa bouche.

— Il n'y avait pas d'autre moyen ?

— Je l'ignore. Si je n'avais pas connu l'existence de cet endroit, j'aurais peut-être fini par t'avouer que j'étais malade. Je n'aurais peut-être pas tenu compte de ta réticence, mais je l'aurais sans doute regretté avant de mourir. Plus la fin aurait été proche, plus j'aurais remis en question tes sentiments. Si tu avais eu l'air sombre, je me serais fait des films. Je t'aurais peut-être balancé des choses que je ne croyais pas vraiment : que tu ne m'avais épousé que par pitié, par exemple. Je veux à tout prix éviter ça. J'ai envie de te rendre heureuse. Que tu trouves le bonheur. Mais je sais aussi que le doute va m'assaillir et j'ai peur de ne plus être capable de regarder la mort en face. Alors, j'ai décidé de faire un pari. J'ai préféré croire que tu viendrais à ma rencontre de ta propre initiative.

— Tu…

— Je suis désolé.

Yôji plongea son visage dans ses mains. La table était légèrement humide.

— Excuse-moi, je n'avais pas l'intention de te dire tout ça. C'est nul.

Il renifla un grand coup.

Les règles sont cruelles, pensa Hikari en le regardant.

Yôji pleurait parce qu'il savait que ses jours étaient comptés, la visite de Hikari l'avait confirmé.

Pourtant, je suis contente d'être venue. Si je ne l'avais pas fait, je n'aurais jamais su ce qu'il avait réellement derrière la tête, ni sur le cœur. Dire que je voulais l'oublier parce qu'il m'avait quittée pour une autre six mois après m'avoir promis qu'il serait patient…

Yôji était condamné, sa mort était inéluctable.

— Qu'est-ce que tu aurais fait si j'avais rencontré quelqu'un après notre rupture ?

Ce n'était pas ce dont elle avait envie de parler. Elle avait des choses bien plus importantes à lui dire, même si elle connaissait d'avance sa réponse.

— Tu ne te serais quand même pas inquiétée pour un gars qui t'aurait quittée pour une autre ? dit Yôji en riant à travers ses larmes ou inversement, ce n'était pas très clair.

J'en étais sûre.

— Tu n'es qu'un égoïste.

Je ne suis pas honnête avec lui. Comment je peux être si dure alors qu'il m'aime visiblement.

— Je suis désolé.

Je ne disais pas ça pour qu'il s'excuse. Ce serait plutôt à moi de lui demander pardon.

— J'aurais quand même préféré que tu me dises la vérité. Je t'aurais peut-être épousé par compassion, mais j'aurais voulu te soutenir dans les moments difficiles. J'aurais probablement passé des nuits entières à veiller sur toi, j'aurais sans doute découvert des facettes moins reluisantes de ta personnalité, mais j'aurais malgré tout choisi d'être à tes côtés. J'aurais aimé que tu me dises ce que tu ressentais, ce que tu ressentais vraiment.

— Excuse-moi.

— Qu'est-ce que je suis censée faire ?!

Hikari fondit en larmes et se cacha le visage dans ses mains. Sans la quitter des yeux, Yôji tendit le bras pour toucher sa tasse. Une ombre passa sur son visage et il serra les lèvres. Puis il sortit une petite boîte à bijoux de la poche de sa veste.

— Tiens, dit-il en la posant sur la table.

Hikari regarda la boîte entre ses doigts. Ses larmes redoublèrent.

— J'aimerais que tu l'acceptes.

— Ça ne changera rien au futur…

— Je sais.

— Tu es conscient du fait que même si je dis oui, on ne se mariera jamais ?

— Ça m'est égal.

— C'est de la triche. Comment tu voudrais que je refuse, dans ces conditions ?

— Excuse-moi. On dirait que quoi que je fasse, je te fais du mal. Je suis sincèrement désolé. Je sais que c'est un caprice de ma part, mais…

— Tu n'es qu'un égoïste…

— … j'aimerais que tu m'épouses…

— Un égoïste, tu m'entends ?!

— Tu es d'accord ?

Les yeux de Yôji ne lui avaient jamais paru aussi beaux. Hikari avait envie de répondre oui, mais elle n'y arrivait pas. Elle savait que même si elle acceptait, le retour à la réalité serait rude. Et Yôji devrait composer avec la Hikari du passé, qui ignorait tout.

C'est trop cruel.

— Même pas en rêve, répliqua-t-elle en levant les yeux au ciel. Je refuse que tu meures.

Elle avait beau appuyer sur ses paupières, les larmes ne cessaient de jaillir. Depuis qu'elle avait reçu l'avis de décès, elle était dans le brouillard. À l'enterrement, tout le monde pleurait, sauf elle. Tout ça parce qu'il lui avait dit qu'il avait rencontré quelqu'un, alors qu'il lui avait promis de l'attendre. À l'époque, elle s'était refusée à avoir du chagrin pour un type qui l'avait trahie, mais désormais, elle ne pouvait plus faire abstraction de ses sentiments.

Je ne veux pas le perdre.

— J'aurais aimé t'épouser pour de vrai, bafouilla-t-elle en pleurant comme une enfant.

— Je vais prendre ça pour un oui, dit Yôji en riant.

Je sais que je suis trop fière.

Yôji sortit la bague de la boîte et prit la main gauche de Hikari.

— Pendant les six prochains mois, je n'évoquerai pas cette conversation. De toute façon, compte tenu des règles, je pense que tu ne m'écouterais pas ou que tu ne me croirais pas. Je suis content que tu m'aies dit ce que tu ressentais. Je ne regrette ni de t'avoir rencontrée, ni d'avoir eu envie de t'épouser, ni de t'avoir demandée en mariage. Je suis heureux, dit-il en glissant la bague à l'annulaire de Hikari.

Bip bip bip bip, bip bip bip bip.

— Mince…

L'alarme s'était mise à sonner.

— On dirait que c'est l'heure.

— Yô…

— Allez, bois.

Hikari saisit la tasse tout en serrant la bague contre sa poitrine.

— Dépêche-toi.

— Je n'en ai pas envie.

Je sais bien que si je ne termine pas ce café, il s'en voudra jusqu'à sa mort, mais ça m'est égal.

— Il ne manquait plus que ça.

Yôji fit mine de soupirer, mais il souriait. Il s'attendait sans doute à cette réaction.

— Si tu ne repars pas dans le futur, je vais me retrouver avec deux Hikari sur les bras. Celle de mon époque sera jalouse que tu portes cette bague et, te connaissant, tu ne te gêneras pas pour t'en vanter. Malheureusement, je n'ai pas du tout les moyens d'en acheter une deuxième. Je ne lui dirai pas que c'est toi qui l'as, alors, s'il te plaît, retourne d'où tu viens, dit Yôji en joignant ses mains en prière.

Puisqu'il avait prévu la visite de Hikari, Yôji savait probablement ce qui l'attendait si elle laissait son café refroidir. S'il lui avait ordonné de le boire, elle ne se serait sans doute pas exécutée, par fierté. Mais face à un homme qui continuait à plaisanter pour la mettre à l'aise alors qu'il savait qu'il allait mourir, elle s'en serait voulu de résister.

Bip bip bip bip, bip bip bip bip, bip bip bip bip, bip bip bip bip.

C'était le deuxième avertissement, et il était plus pressant que le premier. Le temps était réellement compté. Hikari soupira un grand coup pour se motiver, mais elle ne parvint pas à franchir le pas. Elle expira encore plus fort en regardant le plafond.

— Si tu insistes à ce point, dit-elle.

Elle essuya ses larmes et tendit la main vers la tasse, qui lui sembla nettement plus froide que celle qu'elle avait bue dans le futur. Elle réalisa qu'il ne lui restait sans doute que quelques secondes pour agir.

— Sois gentil avec moi jusqu'à la rupture, d'accord ?

— C'est promis.

Elle se souvint que la séparation avait été aussi brutale qu'inattendue.

Je comprends mieux maintenant. À l'époque, j'avais mal interprété son comportement et je lui en avais voulu, mais cette conversation n'y était vraisemblablement pas pour rien.

Elle sourit.

— Au revoir, dit-elle, puis elle but son café d'un trait.

Une forte amertume lui resta au fond de la gorge. Le temps de reposer la tasse sur sa soucoupe, elle ondulait de la tête aux pieds. Au moment où elle sentit son corps léviter, le paysage commença à défiler de haut en bas. Elle était déjà tout près du plafond, à deux mètres du sol, et regardait Yôji, en contrebas. Elle essaya d'agiter la main, et bien qu'elle ait encore des sensations dans les doigts, elle ne distinguait que de la vapeur.

— Yô !

— Hikari…

Malgré les circonstances, il avait prononcé son prénom avec une grande douceur.

— Merci beaucoup ! Merci de m'avoir rencontrée ! D'être tombé amoureux de moi ! De m'avoir attendue ! Au bout du compte, je n'ai rien pu faire pour toi, mais je suis heureuse d'être venue te revoir !

— Moi aussi.

— Merci d'avoir demandé ma main ! Merci pour tout !

— Même si ça n'aura duré que le temps que ton café refroidisse, moi aussi…

— Quoi, toi aussi ?

La voix de Yôji parvenait à Hikari comme à travers une radio grésillante :

— … j'ai aimé qu'on soit un vrai couple, tous les deux.

La voix et la silhouette de Yôji se perdirent dans le temps qui défilait. Hikari cria son nom à plusieurs reprises tout en sachant qu'il ne l'entendrait pas.

La femme à la robe blanche se tenait devant elle. Hikari regarda sa main et constata qu'elle avait repris sa forme normale.

— C'est ma place, dit le fantôme d'une voix étrangement grave.

— Pardonnez-moi.

Hikari se leva pour libérer le siège en hâte. Alors qu'elle posait la main sur la table, elle entendit un bruit métallique et constata que la bague que Yôji lui avait donnée ornait son annulaire gauche.

— Oh…

Ce n'était pas un songe. Elle n'était pas de nature à douter, mais sans le bijou, elle aurait certainement pensé avoir rêvé. En réalité, elle avait encore du mal à y croire.

Pourtant, la bague est là…

C'était la preuve qu'elle avait accepté d'épouser Yôji. Il n'avait rencontré personne d'autre et, s'il avait été adorable jusqu'à leur séparation, c'était parce qu'il le lui avait promis. Cette bague était comme un fil qui reliait les deux amoureux à travers le temps.

— Tout s'est bien passé ? lui demanda Kazu en débarrassant la tasse de café avant de disparaître dans la cuisine sans attendre la réponse.

Seul résonnait le tic-tac des trois horloges, qui continuaient à égrener les secondes. La femme à la robe blanche avait repris sa place et s'était remise à lire. Nagare se tenait derrière le comptoir, les bras croisés.

Je suis de retour.

Hikari ferma les paupières pour se souvenir de Yôji tel qu'il était, à ses côtés, quelques instants auparavant.

Il a souri jusqu'au bout…

Les larmes lui montèrent à nouveau aux yeux, mais elle se mordit la lèvre pour ne pas pleurer.

Moi aussi, je devrais sourire à la vie…

La jeune femme prit le manteau qu'elle avait posé sur le dossier de sa chaise et se dirigea vers la caisse.

— Merci beaucoup, lui dit Kazu.

— C'est moi qui vous remercie, répondit-elle en s'inclinant.

J'ai bien fait de venir.

Hikari balaya encore la salle du regard. Lors de sa première visite, elle avait trouvé l'endroit lugubre et s'était promis de ne jamais y remettre les pieds. À présent, il lui semblait lumineux.

— Ah, au fait… À votre avis, quel prétexte Yôji m'avait-il donné pour me fixer rendez-vous ici, la première fois ? demanda-t-elle à Nagare et à Kazu.

Nagare plissa ses petits yeux et émit un monosyllabe indécis. Kazu pencha imperceptiblement la tête, mais s'abstint de tout commentaire. Hikari rit d'un air gêné. La question était aussi incongrue que soudaine et la réponse leur importait sans doute peu, mais elle avait eu envie de la leur poser.

— Il m'a dit qu'il connaissait un café qui me rendrait heureuse ! À l'époque, j'avais eu un mauvais pressentiment, mais maintenant, je suis certaine qu'il avait anticipé ce que je ressentirais aujourd'hui. Tout s'est déroulé comme il l'avait prévu.

— Ça alors ! dit Kazu en souriant avant de retourner dans la cuisine.

— C'est un petit ami exemplaire, commenta Nagare.

— Ce n'est pas mon petit ami, répliqua Hikari.

Elle lui montra la bague argentée qui brillait à son annulaire gauche et ajouta :

— C'est mon fiancé !

— Toutes mes excuses, dit Nagare en s'inclinant.

Ding-dong.

Hikari sortit du café et se dirigea vers la gare. La neige crissait sous ses pas. C'était Noël, comme le soir où elle avait déambulé aux côtés de Yôji pour la première fois.

4

La fille qui avait demandé à son père de s'en aller

Michiko Kijimoto en avait assez. Alors qu'elle avait quitté Yuriage – un quartier de Natori, dans le département de Miyagi – pour aller étudier dans une université tokyoïte et échapper aux reproches incessants de son père, ce dernier se tenait devant elle, le visage renfrogné. Il s'appelait Kengo Kijimoto.

Ils étaient au *Funiculi Funicula*, un café à deux stations de l'université. Michiko s'y était rendue une fois auparavant, mais elle s'était sentie mal à l'aise, car l'établissement, situé au deuxième sous-sol, était mal éclairé.

Si je m'attendais à revenir ici…

En réalité, c'était justement parce qu'elle n'avait aucune intention d'y remettre les pieds qu'elle y avait donné rendez-vous à Kengo. Dans un de ses cafés favoris, elle aurait pu tomber nez à nez avec des amis, et elle ne voulait pas courir le risque qu'ils croisent son campagnard de père.

— Tu te nourris bien ? demanda ce dernier de la même voix rauque et intimidante avec laquelle il l'avait houspillée tant de fois.

Quand sa mère était encore en vie, cela ne la dérangeait pas. La mère de Michiko était une femme affable au visage rond, qui riait beaucoup. Pour son anniversaire, elle lui préparait un gâteau, et lorsque Michiko avait atteint les âges charnières de trois et sept ans, elle avait pris d'innombrables photos qu'elle avait affichées dans toutes les pièces. Chaque fois que Michiko obtenait la note maximale à un examen, elle achetait tellement de boulettes de poulpe, dont la petite raffolait, qu'elles avaient du mal à les terminer. Quand Michiko était au bord de l'implosion, elle l'encourageait en riant à manger une boulette de plus. Michiko adorait sa mère.

Sauf qu'elle n'est plus là.

Quand elle s'était retrouvée en tête à tête avec Kengo, les gâteaux d'anniversaire disparurent, tout comme les séances photo et les boulettes de poulpe. Seules les critiques et les injonctions s'étaient multipliées.

« Fais tes devoirs. »

« Va vite te coucher. »

« Ne rentre pas trop tard. »

« Ne traîne pas avec n'importe qui. »

« Ne t'habille pas comme ça. »

Ne fais pas ceci, ne fais pas cela. C'était pour échapper à ce refrain que Michiko avait quitté

Yuriage pour Tokyo. Et pourtant, son père détesté était assis devant elle.

— Tu vas bien à l'université ?

Michiko soupira longuement et releva la tête.

— Tu m'écoutes ?

— Quoi ? Tu as peur que je sèche, alors que ça te coûte un bras ?

— Je n'ai jamais dit ça !

— C'est tout comme ! Qu'est-ce qui t'a pris de débarquer sans prévenir et de contacter mes profs ? Arrête de te comporter comme ça !

— C'est parce que tu…

Michiko regarda son père droit dans les yeux.

Parce que je ne donne pas de nouvelles, c'est ça ?

Elle savait exactement ce qu'il voulait lui dire.

— Désolé, grommela Kengo dans sa barbe en baissant les yeux.

— C'est bon, tu as terminé ? Je peux m'en aller ?

Ils n'étaient là que depuis quinze minutes, mais Michiko prit les cadeaux que son père lui avait apportés et se leva.

— Attends ! l'arrêta Kengo, alors qu'elle se dirigeait vers la porte.

— Quoi encore ?

Cette conversation est une perte de temps.

Michiko ravala ces paroles, mais la façon dont elle fronçait les sourcils était éloquente. Kengo détourna le regard pour ne pas voir l'aversion que sa fille ressentait à son égard et dit :

— Si tu as le moindre problème, tu sais que tu peux m'en parler, hein ? Peu importe de quoi il s'agit. Ne ressasse pas tes soucis seule dans ton coin.

Vlan.

Les cadeaux que Michiko tenait à la main s'étaient écrasés aux pieds de son père, ébahi. Elle les avait jetés sans même les sortir du sac.

— J'en ai assez ! Au cas où tu ne l'aurais pas remarqué, je n'ai plus douze ans, je ne suis plus une gamine ! Quand est-ce que tu vas arrêter de te mêler de ma vie ? Pourquoi je suis partie étudier à Tokyo, à ton avis ? Parce que je ne supporte plus ton attitude !

Si Michiko n'avait pas hésité à élever la voix, c'était aussi parce que, en dehors de son père et elle, il n'y avait qu'une autre cliente dans le café, une femme vêtue d'une robe blanche, assise à la table du fond. Elle savait que Kengo serait blessé.

Peu importe, au contraire…

— Pourquoi tu ne t'en rends pas compte ?

Michiko n'éprouvait aucune compassion pour son père, qui n'avait cessé de l'agacer avec ses remarques. Elle voulait juste qu'il débarrasse le plancher le plus vite possible.

— Désolé, murmura Kengo.

— Va-t'en.

Kengo baissa la tête. En le regardant, Michiko ne ressentait que de la colère.

— Retourne d'où tu viens !

Kengo se leva lentement, ramassa les cadeaux éparpillés à ses pieds et les remit dans le sac en balayant de la main une poussière imaginaire. Il y avait là des petits gâteaux à la crème anglaise, de la pâte de poisson cuite à l'étuvée, des gâteaux de riz au soja vert et un paquet de boulettes de poulpe. Tout ce que Michiko aimait. Il lui tendit le sac, mais Michiko ne fit pas mine de l'accepter. Kengo dévisagea tristement sa fille, qui évitait jusqu'à son regard, et sortit du café, les épaules basses.

Ding-dong.

— C'était il y a six ans, conclut Michiko en relevant la tête.

— Je vois, murmura Nagare, le patron du *Funiculi Funicula.*

— Quelle ingratitude, commenta Nana Kôtake, qui était assise au bar.

C'était une habituée qui travaillait en tant qu'infirmière dans un hôpital local.

— Madame Kôtake…

— Quoi ?

L'infirmière sirotait bruyamment son café, imperméable aux reproches silencieux de Nagare.

— On m'a dit qu'ici, il était possible de remonter le temps, poursuivit Michiko d'un air contrit, peut-être en raison de la remarque de la cliente.

— Eh bien…

Nagare échangea avec Mme Kôtake un regard qui inquiéta Michiko.

Et si c'était faux ?

Michiko avait des doutes, bien sûr, mais elle avait une bonne raison de vouloir, ou plutôt de devoir retourner dans le passé.

— C'est le cas, non ? demanda-t-elle en élevant la voix malgré elle.

Nagare était visiblement gêné, mais il se contenta de se gratter la tempe.

— Alors ? insista Michiko.

Mais Nagare resta silencieux. Michiko planta son regard dans le sien.

— Qu'avez-vous l'intention de faire dans le passé ? intervint Mme Kôtake.

Elle avait posé la question sans réfléchir, tout en ayant le sentiment de connaître déjà la réponse.

— J'aimerais sauver mon père.

— C'est-à-dire ?

— Il y a six ans, trois jours après notre rencontre dans ce café, pendant le tremblement de terre, il…

Les mots restèrent coincés dans sa gorge. Ses regrets étaient toujours aussi vifs.

— Si je ne lui avais pas demandé de partir…

Le 11 mars 2011 avait eu lieu le tremblement de terre le plus violent jamais enregistré au Japon, le séisme de la côte Pacifique du Tôhoku. Toutes les personnes présentes se souvenaient de l'ampleur des dégâts qu'il avait causés. Nagare était sans voix, tout comme Mme Kôtake, qui détourna le regard. Seule Kazu dévisageait Michiko. Kazu était la serveuse de l'établissement, c'était elle qui servait le café qui permettait de remonter dans le temps. Avec son teint clair et ses yeux en amande, elle était jolie, mais sans signe distinctif. En un mot, elle était transparente. À tel point que jusqu'à ce que leurs regards se croisent, Michiko n'avait pas remarqué sa présence.

— Je vous en prie ! Renvoyez-moi le jour où j'ai demandé à mon père de s'en aller après lui avoir dit des horreurs ! insista Michiko en s'inclinant devant Kazu.

Nagare et Mme Kôtake la comprenaient mieux que quiconque, mais ils ne parvenaient pas à trouver les mots. Car Michiko ignorait une règle très importante.

— Écoutez-moi bien, dit Kazu, qui se tenait devant elle.

— D'accord.

— Il est en effet possible de retourner dans le passé. Seulement…

— Seulement ?

— Quoi que vous fassiez, vous ne pourrez pas sauver votre père.

— Pardon ?

— Vous aurez beau le forcer à rester à Tokyo, il mourra. C'est inéluctable.

— Pourquoi ?

— Je l'ignore, mais c'est la règle.

L'apparente indifférence de Kazu irrita Michiko. *Admettons qu'elle dise vrai, elle ne pourrait pas être moins lapidaire ? Elle ne se rend pas compte de ce que j'ai ressenti quand j'ai appris que j'avais une chance de retourner dans le passé ? Le barista et l'autre cliente avaient l'air désolés que j'aie perdu mon père, eux !*

— C'est une blague ?

Ce qui l'insupportait le plus, c'était le sang-froid de Kazu et son regard qui ne laissait pas de place au doute.

— Dans ce cas, ça n'a aucun sens de remonter le temps, si ?

Elle savait que poser la question ne résoudrait rien, qu'elle ne faisait que passer sa colère sur la serveuse, mais c'était sorti tout seul.

— Effectivement.

L'espace d'un instant, Kazu baissa les yeux, mais ce fut tout.

— C'est la meilleure…

Kazu regarda Michiko s'effondrer sur une chaise, vidée de toute énergie, puis tourna les talons et disparut dans la cuisine.

— Je sais que c'est dommage…

— Je comprends votre déception…

Nagare et Mme Kôtake essayèrent de lui parler, mais elle ne les entendait pas.

Son cœur était aussi dégonflé qu'un ballon percé. On aurait dit qu'elle s'était préparée à courir un marathon, mais qu'on lui avait annoncé juste avant la ligne d'arrivée que la compétition était annulée. C'était trop inattendu, trop cruel.

Michiko avait un fiancé. Il s'appelait Yûsuke Mori et avait été recruté en même temps qu'elle par leur employeur. Ils se connaissaient depuis trois ans. C'était lui qui lui avait parlé du *Funiculi Funicula*.

Michiko ne l'avait pas cru immédiatement. Elle s'était emportée et lui avait demandé d'arrêter de se moquer d'elle. Seulement, Yûsuke n'en démordait pas. La personne qui avait évoqué ce café était elle-même retournée dans le passé et s'appelait Fumiko Kiyokawa. Elle travaillait comme ingénieure système pour un client dont Yûsuke était responsable. Michiko la connaissait de réputation, car bien qu'elle n'ait que la vingtaine, elle était souvent chargée de projets à enjeux.

— Je ne pense pas que Mlle Kiyokawa mentait. Je ne lui ai évidemment pas parlé de toi et je ne vois pas quel intérêt elle aurait à me raconter des salades. D'après elle, il y a des règles contraignantes à respecter, mais s'il est possible de voyager dans le temps, pourquoi tu ne tenterais pas ta chance ?

— Mais…

— Tu pourrais essayer d'arranger les choses. De retenir ton père à Tokyo. Comme ça…

Arranger les choses ? Revivre ce jour-là ? Le cœur de Michiko avait fait un bond dans sa poitrine.

Le regret d'avoir rejeté son père s'était mué en un traumatisme qui empoisonnait son quotidien. Chaque fois qu'elle y repensait, elle avait des palpitations. Il lui avait fallu une bonne dose de courage pour pousser la porte du café.

Et pourtant…

— Ne vous laissez pas abattre. Ce sont les règles, on n'y peut rien, dit Mme Kôtake en s'asseyant en face d'elle.

Michiko, prostrée, ne bougea pas d'un pouce.

— Nous voilà bien, dit Mme Kôtake en se tournant vers Nagare.

Ding-dong.

Un jeune homme vêtu d'un costume décontracté fit son entrée dans la salle.

— Bienvenue ! Vous êtes seul ? lui demanda Nagare.

Le nouveau venu acquiesça distraitement et se dirigea vers Michiko, qui s'était effondrée sur la table. Il l'appela :

— Michi…

Elle releva la tête.

— Yûsuke…

C'était Yûsuke Mori, le jeune homme qui avait convaincu Michiko de remonter le temps.

— J'ai attendu dehors un bon moment, mais comme tu ne revenais pas…

— Dé… désolée…

— Ce n'est pas grave !

Comprenant que les deux jeunes gens se connaissaient, Nagare lança à Mme Kôtake un regard qui signifiait « Heureusement que quelqu'un est venu la chercher » et se frotta la poitrine, soulagé. Mme Kôtake haussa le menton comme pour dire qu'elle n'était pas encore tout à fait rassurée. Ils reportèrent leur attention sur le couple.

— Alors, comment ça s'est passé ? Tu as revu ton père ?

Michiko se leva d'un bond.

Nagare, Mme Kôtake et même Yûsuke en restèrent interdits.

— Pardonne-moi…

— Pourquoi ?

— Parce que je ne peux pas t'épouser, répondit Michiko en sortant son portefeuille de son sac à main.

Elle posa un billet de 1 000 yens sur la table et quitta l'établissement à la hâte.

— Michi !

Ding-dong.

Yûsuke allait se lancer à sa poursuite, quand Mme Kôtake l'arrêta :

— Attendez !

— Pardon ?

Yûsuke était visiblement agacé qu'une inconnue se mêle de sa vie privée.

— Qu'est-ce que vous me voulez ?

— Madame Kôtake…

Yûsuke n'était pas le seul à être déconcerté : Nagare fronçait les sourcils.

— Excusez-la, dit-il en inclinant sa grande carcasse devant le jeune homme.

Yûsuke aurait très bien pu rattraper Michiko en ignorant l'intervention de Mme Kôtake, mais il ne le fit pas. Il n'en avait pas la force.

— Votre amie n'est pas retournée dans le passé.

— Pourquoi ?

— Parce que, même si elle l'avait fait, elle n'aurait pas pu sauver son père.

— Je comprends, soupira Yûsuke.

— Est-ce qu'il y a un lien entre le fait que son père soit condamné et celui qu'elle ne puisse pas vous épouser ? demanda calmement Mme Kôtake.

Yûsuke fixait du regard le mouchoir que Michiko avait oublié sur la table.

— Elle refuse d'être heureuse sans lui, répondit Yûsuke d'une voix éteinte en ramassant le mouchoir.

— Comment ça ?

Yûsuke inspira un grand coup.

— Il y a six ans qu'elle s'en veut de l'avoir rejeté. D'après ce qu'elle m'a raconté, la vague n'a atteint Yuriage qu'une heure après la première secousse. Dans un premier temps, le père de Michiko avait évacué les lieux avec des pêcheurs, mais il est reparti chercher son livret de compte d'épargne…

— Vraiment ?

— Les pêcheurs ont essayé de le convaincre que ça pouvait attendre, mais il n'en démordait pas. Il avait économisé pour le mariage de sa fille…

Yûsuke se tut. Il revoyait les scènes tragiques retransmises à la télévision. Mme Kôtake et Nagare détournèrent malgré eux le regard.

— On ne peut vraiment rien faire ?

— Vraiment rien…

Nul ne peut résoudre les conflits psychiques des autres à leur place. Si Yûsuke n'avait pas rattrapé Michiko, c'était parce qu'il en était bien conscient. Il s'inclina en silence et sortit du café sans ajouter un mot.

Ce soir-là, un homme était assis à une table pour deux. Bien que l'heure de la fermeture soit passée, il ne faisait pas mine de bouger. Il regardait un prospectus. Si le personnel le laissait en paix, il resterait peut-être indéfiniment. Derrière le comptoir, Kazu rangeait chaque chose à sa place, en silence. On n'entendait que le tic-tac des horloges.

Ding-dong.

La clochette de la porte avait tinté, mais Kazu ne lança pas de « Bienvenue » comme à l'accoutumée. Elle se contenta de regarder vers l'entrée, comme si elle savait qui allait arriver.

— Merci de m'avoir appelée, Kazu !

C'était Mme Kôtake, en tenue d'infirmière. Elle était essoufflée, Kazu lui servit un verre d'eau.

— Merci !

Mme Kôtake le but d'un trait.

— Ah…

Elle rendit le verre à Kazu et retourna dans le vestibule.

— Vous n'entrez pas ?

— Eh bien…

— Ça va bien se passer, venez !

Michiko, la jeune femme qui s'était présentée plus tôt dans la journée dans l'espoir de sauver son père, fit son apparition, soutenue par Mme Kôtake.

Elle avait l'air de s'en vouloir.

— Elle était dans l'escalier…

Kazu lut la fin de la phrase dans les yeux de Mme Kôtake : « … alors je l'ai amenée. » Elle regarda Michiko et, au lieu de lui souhaiter la bienvenue, lui dit :

— Bonsoir.

L'heure de la fermeture était passée.

— Bonsoir, bredouilla Michiko.

Mme Kôtake s'éloigna d'elle et s'approcha de l'homme au prospectus.

— Monsieur Fusagi…

L'homme lui jeta un coup d'œil, puis reporta son attention sur le dépliant.

— Vous avez pu vous asseoir aujourd'hui ?

M. Fusagi releva la tête pour la première fois.

— Non, répondit-il en regardant dans la direction de la femme en blanc de la table du fond.

— C'est bien dommage…

— En effet.

— L'heure de la fermeture est passée, peut-être devriez-vous rentrer chez vous ?

— Mince…

M. Fusagi se tourna vers une des horloges qui trônaient dans la salle. Les aiguilles indiquaient 20 h 30.

— Je vous prie de m'excuser.

Il replia le prospectus à la hâte et se dirigea vers la caisse, où l'attendait Kazu, sous les yeux attendris de Mme Kôtake.

— Combien je vous dois ?

— Trois cent quatre-vingts yens, s'il vous plaît.

— Tenez.

— Le compte est bon, merci.

— C'est moi qui vous remercie.

M. Fusagi sortit en hâte de la salle.

Ding-dong.

Mme Kôtake salua Kazu de la tête.

— Merci, dit-elle dans un sourire, avant de s'élancer à la suite de M. Fusagi.

Ding-dong.

Dans la salle, il n'y avait plus que Kazu, Michiko et la femme en blanc.

Michiko ne savait pas comment s'expliquer ni par où commencer. Elle restait plantée là, déboussolée.

— Vous êtes sûre de vous ? lui demanda soudain Kazu, qui avait deviné la raison de sa visite et souhaitait s'assurer que Michiko était prête à aller dans le passé tout en sachant qu'elle ne sauverait pas son père.

Michiko retint sa respiration. Elle ne saisissait pas bien elle-même pourquoi elle était revenue sur ses pas. Elle avait compris que, quoi qu'elle fasse, son père était condamné. À moins qu'elle ne nourrisse encore un infime espoir…

Si Kazu lui avait demandé ses raisons, elle aurait peut-être renoncé, parce qu'elle n'en était pas certaine elle-même, mais la serveuse voulait juste confirmation.

— Après le décès de ma mère, répondit Michiko comme si elle se parlait à elle-même, mon père m'a élevée seul. Il a travaillé jour et nuit pour me permettre d'étudier à Tokyo comme je le souhaitais. Je n'étais pas consciente des sacrifices qu'il faisait. À l'université, j'ai passé plus de temps à m'amuser qu'à aller en cours. Je voulais juste quitter ma région natale, être libre. Mon père m'insupportait. Jusqu'au jour où il est venu me voir en personne, j'ai ignoré toutes ses tentatives de me contacter et je ne lui ai pas rendu une seule visite.

Kazu écoutait en silence sans même hocher la tête.

— Si j'avais su ce qui allait se passer, je ne me serais pas comportée comme je l'ai fait. J'aimerais au moins m'excuser, lui demander pardon.

En prononçant ces mots, Michiko prit enfin conscience de la raison qui l'avait poussée à revenir sur ses pas.

— Aidez-moi à retourner ce jour-là, le jour où j'ai dit à mon père de s'en aller, demanda-t-elle en s'inclinant très profondément.

Clap.

Un claquement sec se fit entendre. Michiko se retourna et constata que la cliente en blanc venait de refermer son livre. Elle aperçut son visage pour la première fois : elle avait la peau claire et les yeux si absents que Michiko ne parvint pas à déterminer dans quelle direction elle regardait. Il lui sembla qu'elle ressemblait un peu à la serveuse. Plus étrange encore, elle portait une robe sans manches alors qu'en cette saison on ne pouvait sortir sans manteau.

La femme ne paraissait pas gênée que Michiko l'observe. Elle se leva et se dirigea vers les toilettes sans un bruit.

— Très bien, répondit Kazu.

Elle installa Michiko à la place de la femme en blanc et lui détailla les règles. Comme elle le lui avait déjà dit, il était impossible de modifier le cours des choses. En outre, on ne pouvait revoir que des personnes qui avaient déjà fréquenté l'établissement, il fallait s'asseoir sur une chaise bien précise qu'on ne pouvait quitter sous aucun prétexte et il y avait une limite de temps.

Ça fait beaucoup de règles…

Sans se soucier des doutes de Michiko, Kazu se rendit à la cuisine, dont elle revint avec un plateau sur lequel se trouvaient une cafetière argentée et une tasse immaculée.

— Je vais vous servir un café, poursuivit-elle en posant la tasse devant Michiko.

— Pour quoi faire ? demanda Michiko, qui ne voyait pas le rapport.

— Vous partirez dans le passé dès que j'aurai terminé de le verser, mais vous ne pourrez y séjourner que tant qu'il sera encore chaud.

— C'est cela, la limite temporelle que vous avez mentionnée ? Ça me semble rapide…

— En effet.

Cette règle contraria Michiko. Le temps imparti était à la fois vague et court, mais elle se souvenait de la fermeté avec laquelle Kazu lui avait annoncé, quelques heures plus tôt, qu'elle ne pourrait pas sauver son père, et elle pressentait que toute protestation serait inutile.

— Très bien, et ensuite ?

— Les personnes qui partent à la rencontre d'un défunt ont du mal à le quitter, même si elles savent que le temps est compté. C'est pourquoi nous avons recours à ceci, continua Kazu en montrant à Michiko un objet qui ressemblait à un mélangeur à cocktails.

— Qu'est-ce que c'est ?

— Si vous l'installez comme ceci, reprit Kazu en plaçant l'objet dans la tasse, il vous préviendra avant que le café ne refroidisse. Dès que l'alarme retentit, finissez-le immédiatement.

Elle saisit la cafetière.

— Si ça sonne, il me suffit de terminer ma tasse, c'est bien ça ?

— Tout à fait.

Michiko laissa échapper un petit soupir.

Je vais revoir mon père.

Son cœur se serra et sa respiration s'accéléra. Parviendrait-elle à garder son calme ? On l'avait prévenue qu'elle ne pourrait rien changer, mais que se passerait-il si elle perdait son sang-froid et annonçait à son père qu'un séisme allait se produire et qu'il n'y survivrait pas ? Comment vivrait-il ses derniers jours ? Les pensées se bousculaient dans sa tête.

— Vous êtes prête ?

Bien sûr que je suis prête. Vous venez de me demander si j'étais sûre et je vous ai répondu oui. J'ai décidé de demander pardon à mon père.

Michiko ferma les yeux, inspira profondément et dit :

— Oui.

Elle se devait d'aller jusqu'au bout. Michiko fixa la tasse du regard, déterminée, tandis que Kazu soulevait la cafetière d'un air impassible.

Je vais dans le passé. Pour de vrai.

Michiko sentit l'air se tendre, quand la voix de Kazu perça le silence :

— Revenez tant que le café est encore chaud.

Kazu commença à verser le breuvage. Un filet de vapeur s'éleva au-dessus de la tasse et monta vers le plafond en tourbillonnant.

J'ai la tête qui tourne…

Michiko suivit la vapeur des yeux. Son corps se mit à onduler au même rythme, tandis que le paysage défilait rapidement de haut en bas. Elle eut le temps de penser *Qu'est-ce… qui… m'arrive ?* avant de perdre conscience.

Papa…

Le séisme de la côte Pacifique du Tôhoku est survenu le vendredi 11 mars 2011, à 14 h 46, au large de la côte du Sanriku, avec un épicentre situé à 130 km à l'est-sud-est de la péninsule d'Oshika et à 24 km de profondeur. Avec une magnitude de 9,0, il s'agit du tremblement de terre le plus violent jamais enregistré au Japon, où on emploie également l'expression « grand séisme de l'est du Japon » pour désigner cet événement et les dégâts qu'il a causés.

À Natori, il a provoqué directement ou indirectement la mort de 960 personnes et en a contraint 11 000 à évacuer. Ce qui est frappant, c'est que les secousses ont engendré relativement peu de dégâts pour un séisme de cette ampleur, tandis que le tsunami qui a suivi en a fait de considérables.

La vague a déferlé sur le quartier de Yuriage environ une heure après les secousses, à 15 h 52. Ce décalage a causé la perte de personnes qui, comme Kengo, sont retournées chez elles immédiatement après le séisme, alors qu'elles avaient dans un premier temps évacué les lieux.

Kengo et Michiko vivaient dans une zone résidentielle à proximité de la caserne des pompiers de Yuriage, et le boui-boui qui vendait les boulettes de poulpe préférées de Michiko se trouvait de l'autre côté du sanctuaire du port. On les embrochait sur une pique de bambou avant de les déguster nappées d'une sauce sucrée bien relevée. Leur texture était plus ferme que celle des boulettes de poulpe ordinaires et la garniture, plus généreuse que dans les autres échoppes ; visuellement, on aurait dit de grosses brochettes de *mochi*. Des amis tokyoïtes avaient conseillé à Michiko de goûter les célèbres *takoyaki* de la région du Kansai, mais pour elle, rien ne valait celles de son enfance.

Les *takoyaki* de Yuriage. C'était la seule chose qui manquait à Michiko depuis qu'elle avait quitté sa région natale pour échapper aux remarques incessantes de son père.

Le bruit de grains qu'on moud la ramena à elle.

Une jeune fille à l'air indifférent s'activait. S'agissait-il d'une lycéenne ? d'une collégienne ? Sa peau claire et son expression mélancolique lui rappelaient quelqu'un. La femme en blanc qui était allée aux toilettes, peut-être ? Non, elle ressemblait à la serveuse qui venait de lui verser un café. C'était plus qu'une simple ressemblance, c'était la même personne, à n'en pas douter. Michiko n'avait pas fait le rapprochement tout de suite, car la jeune fille avait les cheveux courts, alors que tout à l'heure, ils étaient longs et rassemblés en queue-de-cheval.

Je suis peut-être réellement six ans dans le passé.

Michiko balaya la salle du regard en quête d'indices. Mais, hormis l'adolescente qui moulait les grains de café, elle ne remarqua aucune différence significative, comme si ce lieu était en dehors du temps.

Ding-dong.

— Bienvenue.

Kazu était plus jeune, mais sa voix était toujours aussi calme.

Le père de Michiko, Kengo, fit son entrée d'un pas lourd. Le cœur de Michiko s'emballa. Elle n'avait pas oublié à quoi il ressemblait la dernière fois qu'elle l'avait vu. Kengo repéra sa fille et se dirigea vers elle.

— Excuse-moi, dit-il en inclinant légèrement la tête.

— Pourquoi ?

— Je t'ai fait attendre, non ?

— Pas du tout.

— C'est vrai ?

— Oui.

Les souvenirs de Michiko remontaient à la surface.

Ce jour-là, elle avait dit à son père : « Je n'arrive pas à croire que tu sois en retard alors que tu as insisté pour me voir ! » La réaction de Kengo était restée gravée dans sa mémoire. Tout penaud, il avait murmuré qu'il était désolé.

Pourquoi je lui ai parlé comme ça ?

— Je peux ? demanda Kengo en posant la main sur le dossier de la chaise face à sa fille.

— Bien sûr.

Kengo s'assit et dévisagea Michiko.

— Quoi ?

— Ça ne fait pas si longtemps qu'on s'est vus, mais tu as l'air d'avoir mûri, dit-il, gêné.

Six ans avaient passé et Michiko avait maintenant vingt-cinq ans. Il n'était pas étonnant qu'il soit surpris.

— Ah bon, tu trouves ? répondit Michiko.

Les profondes rides gravées dans le visage de son père et les cheveux blancs qui zébraient sa chevelure lui sautèrent aux yeux. Depuis quand avait-il tant vieilli ? Elle réalisa avec stupeur qu'à l'époque, elle ne l'avait pas observé attentivement. Kengo ne se rendit pas compte de son trouble.

— Bienvenue, dit de nouveau Kazu en posant un verre d'eau devant lui.

— Un café.

— Bien sûr, dit Kazu avant de disparaître dans la cuisine.

Silence.

Michiko ne trouvait pas ses mots. Qu'aurait-elle bien pu lui dire ? Rien que de le regarder, elle était émue, mais elle ne pouvait s'empêcher de détourner les yeux, ce qui ne faisait que renforcer son malaise. Elle ne voulait pas qu'il pense qu'elle l'ignorait.

Pardonne-moi.

Elle était sur le point de prononcer cette phrase qu'elle avait ravalée tant de fois, quand Kengo parla le premier :

— Je suis désolé.

— Pourquoi ?

— D'avoir été jusqu'à contacter ton université.

Michiko se souvint que ça l'avait mise hors d'elle. Elle était loin de s'imaginer que son père avait des remords.

— C'est ma faute, je n'aurais pas dû te laisser sans nouvelles...

Kengo se détendit un peu. Depuis le décès de sa mère, Michiko n'avait cessé de se rebeller. Il s'attendait à ce qu'ils se disputent, une fois de plus.

— Tiens, c'est pour toi, dit-il, et il posa sur la table le sac en papier qu'il tenait à la main, comme s'il venait de se souvenir de son existence. Tu les aimais bien, ajouta-t-il en sortant un petit paquet. En revanche, ils sont déjà froids...

Michiko savait ce que contenait l'emballage : ses boulettes de poulpe préférées. Les *takoyaki* de Yuriage que sa mère lui avait si souvent achetés. Ceux qui résistaient sous la dent et ressemblaient à des brochettes de *mochi.* Ceux qui avaient toujours suffi à lui donner le sourire.

Le jour où elle avait chassé son père, la vue de cette barquette parmi les cadeaux qu'elle avait jetés au sol l'avait enragée. Elle avait eu l'impression qu'il avait conjuré le souvenir de son épouse pour l'attendrir. Elle avait trouvé ça déloyal, pour ne pas dire révoltant.

Je sais maintenant que je me trompais. Ces takoyaki, *il les avait achetés pour me faire plaisir. Mais moi…*

— Merci, dit-elle d'une voix tremblante.

Elle ne parvenait pas à le regarder en face. Gênée par le silence, elle porta la tasse à ses lèvres.

C'est tiède.

Michiko savait qu'elle devait s'en aller avant que son café ne refroidisse, mais elle n'avait pas la moindre idée de combien de temps cela prendrait.

Qu'est-ce que je suis venue faire ici, au juste ?

Elle voulait s'excuser auprès de son père, de cela, elle était certaine. Mais s'excuser de quoi, précisément ?

D'avoir insisté pour partir étudier à Tokyo ?

De n'avoir fait que se plaindre depuis le décès de sa mère ?

D'avoir été froide avec lui alors qu'il ne se couchait jamais avant son retour ?

D'avoir ignoré tous ses appels ?

De s'être montrée insolente ?

De s'être disputée avec lui tant de fois ?

De s'être comportée comme une ingrate ?

Plus elle y réfléchissait, moins elle se sentait capable de relever la tête.

Pourquoi j'ai voulu étudier à la capitale ?

Pourquoi je me plaignais sans arrêt ?

Pourquoi je lui ai demandé de partir après lui avoir balancé toutes ces horreurs ?

Elle avait tant de regrets. En même temps, elle sentait que Kengo l'observait. Elle avait beau avoir remonté le temps pour aller le voir, elle ne disait rien, comme à son habitude. Il devait se désoler d'avoir une fille pareille.

Je ferais mieux de m'en aller.

Il lui suffisait de boire son café pour mettre fin à l'entrevue. De toute façon, rien ne pouvait sauver son père.

Elle trouva la force de saisir la tasse.

— Michiko, dit alors Kengo, si tu as le moindre problème, tu sais que tu peux m'en parler, hein ? Peu importe de quoi il s'agit. Ne ressasse pas tes soucis seule dans ton coin. S'il y a quoi que ce soit, appelle-moi.

— Pardon ?

— Je ne remplacerai jamais ta mère, mais…

Il releva la tête.

— … je peux tout entendre.

Michiko remarqua l'expression de son visage.

Il l'avait toujours regardée de cette façon, avant le décès de sa mère comme après. Il n'avait pas changé. Jusqu'à ce jour-là, Michiko avait pensé qu'il était en colère.

« Fais tes devoirs. »

« Va vite te coucher. »

« Ne rentre pas trop tard. »

« Ne traîne pas avec n'importe qui. »

« Ne t'habille pas comme ça. »

Ne fais pas ci, ne fais pas ça. Il avait toujours posé sur elle le même regard, habité par les mêmes sentiments. Michiko s'était sentie oppressée parce que sa vision était déformée. Elle l'avait haï parce qu'elle était triste. Pourquoi ne s'en était-elle pas rendu compte ?

— Euh… comment dire…

Je devrais lui parler de Yûsuke. Ça pourrait le surprendre, mais c'est maintenant ou jamais.

— Écoute, papa…

— Quoi ?

— Je suis enceinte, dit Michiko en regardant le café qui tremblait dans sa tasse.

Elle ne voyait pas quelle tête Kengo faisait, mais elle entendait bien qu'il respirait plus bruyamment que d'ordinaire.

Il risque de le prendre mal.

Elle pouvait se mettre à sa place. Elle avait vingt-cinq ans, mais pour Kengo, elle n'en avait pas vingt et elle était montée à Tokyo depuis moins d'un an.

— Le père aimerait qu'on se marie…

Tant pis, je dois lui dire. Je veux qu'il sache où j'en suis. Et ce d'autant plus que je ne le reverrai plus jamais.

Michiko releva la tête. Le regard de Kengo était triste. Sa fille quittait le nid. Quand elle était partie de la maison familiale, il avait sans doute pressenti que ce jour arriverait vite.

— Je comprends, murmura-t-il.

L'amertume pointait dans sa voix.

Il essaya de sourire, ce qui ne fit que creuser les rides entre ses sourcils. On aurait dit qu'il était fâché. Mais ce n'était pas cela que Michiko voulait lui dire.

— En fait, j'ai peur.

Ses mains ne cessaient de trembler.

— Je ne suis pas sûre de mériter d'être heureuse. Je t'ai dit des choses horribles. Pendant tout ce temps, tu t'inquiétais pour moi, mais je ne m'en rendais pas du tout compte et je n'en faisais qu'à ma tête…

Je t'ai demandé de partir. Si je ne l'avais pas fait, tu serais peut-être encore en vie. Je ne pensais qu'à moi.

— Et pourtant…

— Ne t'en fais pas pour ça, la coupa Kengo. Je suis ton père. Tu auras beau mal me parler, tout ce qui m'importe, c'est que tu ailles bien.

— Papa…

Michiko sentit les larmes lui monter aux yeux.

Kengo eut un sourire amer. Il ne savait pas comment réagir.

— Tiens, dit-il soudain en sortant quelque chose de son sac banane et en le posant devant Michiko. Je pensais te remettre ça pour ton mariage, ça tombe bien. J'ai économisé exprès !

C'était un livret de compte d'épargne.

— Papa…

Bip bip bip bip, bip bip bip bip…

L'alarme sonnait.

— Mince…

Michiko croisa le regard de la jeune Kazu. Cette dernière ne dit rien, mais elle fit un petit signe de tête qui signifiait « il est temps ».

— Papa, je…

— Ne t'inquiète pas, sois heureuse. C'est tout ce qui m'importe.

Son expression était douce.

Il avait sans doute cet air attendri à ma naissance.

Bip bip bip bip, bip bip bip bip…

— Il faut que j'aille aux toilettes, dit Kengo en profitant de la distraction causée par l'alarme pour se lever.

Il se frotta le visage, gêné.

— Papa ! cria Michiko, alors qu'il se dirigeait vers la porte.

C'était vraisemblablement la dernière fois qu'ils se voyaient. Mais elle avait encore tant de choses à lui dire.

— Quoi ? demanda Kengo en se retournant.

— Je suis contente d'être ta fille, articula Michiko en luttant contre les larmes.

Son visage était probablement un peu crispé, mais elle fit de son mieux pour sourire.

S'il m'a apporté mes boulettes de poulpe favorites, c'est sans doute parce qu'il voulait me voir sourire. J'espère qu'il gardera cette image de moi.

— Merci !

Kengo la dévisagea avec étonnement.

— De rien, marmonna-t-il avant de passer la porte des toilettes en reniflant.

Dès qu'il eut disparu, Michiko but son café jusqu'à la dernière goutte. Elle se sentit devenir légère et le paysage se mit à défiler de haut en bas.

Je repars vers le présent. Un présent sans mon père.

L'air ravi de Kengo était gravé dans sa mémoire. Elle avait réussi à le faire sourire.

Elle était heureuse.

Elle ferma lentement les paupières.

Quand elle les rouvrit, la femme à la robe banche se tenait devant elle, et la serveuse, dont les longs cheveux étaient attachés en queue-de-cheval, l'observait. C'était Kazu, adulte. Michiko était de retour dans le présent.

— Pousse-toi, dit le fantôme.

Michiko s'écarta précipitamment. Elle n'avait pas le temps de se remettre tranquillement de ses émotions. Dès que la femme en blanc fut assise à nouveau, Kazu lui apporta une nouvelle tasse de café sur un plateau.

— Comment ça s'est passé ? demanda-t-elle en la posant sur la table après avoir débarrassé celle de Michiko.

— Eh bien…

Yûsuke fit irruption dans la salle.

— Michi, murmura-t-il.

Plusieurs mètres les séparaient. La jeune fille se souvint que quelques heures plus tôt, elle lui avait annoncé qu'elle ne pouvait pas l'épouser. C'était pour cette raison qu'il gardait ses distances. Elle se remémora les mots de son père : « Ne t'inquiète pas, sois heureuse. »

Elle avança jusqu'à Yûsuke, se tourna vers Kazu et déclara en réponse à sa question :

— J'ai décidé d'être heureuse avec cet homme.

— Pardon ?

Yûsuke n'en revenait pas.

— Vraiment ? demanda Kazu, un sourire à peine perceptible sur les lèvres.

— Absolument. Je suis sûre que ça ferait plaisir à mon père.

Michiko tenait à la main le livret de compte d'épargne que Kengo lui avait donné.

Driiing… Driiing…

Dans l'arrière-salle, le téléphone sonnait.

Michiko et Yûsuke s'inclinèrent légèrement devant Kazu, puis sortirent du café.

Ding-dong.

Après leur départ, Nagare sortit de la pièce du fond, Miki dans les bras. La petite avait dû pleurer un peu, car ses yeux étaient humides.

— Tu te souviens de Kadokura ? demanda-t-il à Kazu.

L'heure de la fermeture était passée, elle s'était attelée au rangement. « Atteler » est peut-être un bien grand mot, elle n'avait qu'à faire la vaisselle, passer un coup de balai et décrocher l'enseigne.

— Oui, répondit-elle en se rendant dans la cuisine.

Nagare sortit décrocher l'enseigne, sa fille dans les bras. Dans la salle, il ne restait plus que la femme en blanc. Les aiguilles de l'horloge continuaient à égrener calmement les secondes.

Quand Nagare revint, Kazu venait de terminer la vaisselle.

— Alors ?
— Alors quoi ?
— Kadokura.
— Ah, fit Nagare, alors qu'il n'avait pas oublié la conversation. Au téléphone, il m'a confié que sa femme avait miraculeusement repris connaissance, annonça-t-il en se grattant le front de façon exagérée.
— C'est vrai ?
— Oui.
— C'est une bonne nouvelle.
— … En effet.
À ce moment-là, Miki se mit à pleurer pour de bon en agitant ses petits poings.
— On dirait que c'est l'heure de son biberon…
— Je peux le préparer, si tu veux.
— Merci !
Kazu disparut dans la cuisine. Tout en berçant sa fille, Nagare saisit le cadre qui trônait près de la caisse. C'était une photo de Kei, sa femme, radieuse. Kei était décédée immédiatement après la naissance de Miki. Depuis, les saisons avaient défilé. Certains clients étaient retournés dans le passé. D'autres n'avaient pas pu, ou avaient renoncé en apprenant les règles.
— Ça passe vite, un an, dit Nagare en regardant le cliché.
— Tiens.
— Merci.

Il reposa le cadre à côté de la caisse et saisit le biberon que Kazu lui tendait.

— Miki aussi grandit à toute allure. Bientôt…

— Eh oui…

Dans les bras de son père, la petite fille se mit à boire goulûment.

On dirait que Kei veille sur elle depuis la photo, pensa Kazu.

Ce roman est une œuvre de fiction. Toute ressemblance avec des personnes, des établissements ou des groupes ayant existé serait purement fortuite.

Cependant, le chapitre 4, « La fille qui avait demandé à son père de s'en aller », est une adaptation par l'auteur d'une fiction radiophonique intitulée *Un autre café ?*, qui lui avait été commandée par FM Sendai – la chaîne de radio de la ville du même nom, dans le département de Miyagi – et qui avait été diffusée le 11 mars 2018, pour les sept ans du séisme de la côte Pacifique du Tôhoku.

Du même auteur
aux Éditions Albin Michel :

TANT QUE LE CAFÉ EST ENCORE CHAUD, 2021.
LE CAFÉ DU TEMPS RETROUVÉ, 2022.
LE CAFÉ OÙ VIVENT LES SOUVENIRS, 2023.
LA DOUCEUR DU CAFÉ, 2025.

Découvrez le début du nouveau roman de Toshikazu Kawaguchi :

La Douceur du café

ROMAN TRADUIT DU JAPONAIS PAR GÉRALDINE OUDIN

ALBIN MICHEL

Titre original :

YASASHISA WO WASURENU UCHI NI
Chez Sunmark Publishing, Inc., Tokyo, Japon, 2023.

1

Le petit garçon qui voulait revoir ses parents divorcés

Le café où l'on peut remonter le temps se trouve à Tôkyô, au cœur de l'arrondissement de Chiyoda, dans le quartier de Kanda. À Jinbôchô, plus précisément.

À quelques encablures de la station de métro, au fond d'une ruelle peu fréquentée, une enseigne signale sa présence.

Funiculi Funicula, annonce-t-elle. Il semblerait que ce soit le titre d'une chanson populaire napolitaine écrite à l'origine pour faire la publicité d'un funiculaire.

Jammo, jammo 'ncoppa, jammo jà,
funiculì, funiculà !

Qui, en Italie, n'a jamais entendu ce refrain ? Au Japon, la mélodie a été reprise dans une comptine qui plaît énormément aux enfants, *Le Caleçon du démon*.

Même le patron, Nagare Tokita, ignore pourquoi l'établissement porte le nom d'un air italien.

Nagare est un homme de peu de mots qui mesure plus de deux mètres, il est généralement vêtu d'une tenue de cuisinier et ses yeux sont aussi fins qu'un fil. Son allure rappelle celle des statues de guerriers qui gardent l'entrée des temples bouddhistes. Son épouse, Kei, travaillait à ses côtés en salle. C'était une femme spontanée, généreuse et souriante. Malheureusement, elle avait succombé à un problème cardiaque deux ans auparavant, peu après avoir donné naissance à la fille du couple, Miki. Cette dernière a hérité du regard de sa maman.

La serveuse actuelle, Kazu Tokita, est la cousine de Nagare. Elle a la peau claire, de grands yeux en amande, un nez droit et des lèvres rose pâle. Elle est jolie, c'est indéniable, mais elle est tellement discrète qu'on oublie vite les traits de son visage. Malgré son air juvénile, elle semble mûre et posée. Elle aussi parle peu, certains clients ne l'ont même jamais vue ouvrir la bouche. D'autres affirment qu'elle n'a *pas plus de présence qu'un fantôme*.

À l'heure actuelle, Kazu est l'unique personne en mesure de verser le breuvage qui permet de remonter le temps. Nagare en serait bien incapable, car seules les femmes de la famille Tokita héritent de cette faculté.

Quand ils apprennent que le café de Kazu a le pouvoir de les renvoyer dans le passé, les clients désireux d'entreprendre le voyage se hâtent de lui en demander un.

Malheureusement, ce n'est pas si simple.

Il y a d'autres règles, fort contraignantes, à respecter.

À commencer par une limite de temps.

Admettons que Kazu vous serve un café et que vous vous rendiez dans le passé. Vous ne pourriez y séjourner que tant qu'il est encore chaud.

— Si peu de temps ? s'étonnent les candidats.

Un café refroidit en dix minutes, tout au plus. Que peut-on accomplir en un laps de temps si court ? Préparer un bol de nouilles instantanées ? Entre le moment où la bouilloire est posée sur le feu et celui où l'eau bout effectivement, il s'écoule près de cinq minutes. Après avoir versé l'eau sur les nouilles, il faut attendre trois minutes, ce qui ne laisserait que deux petites minutes pour les engloutir. Aller boire un verre entre amis ? Le personnel n'aurait même pas le temps de vous apporter les amuse-gueules.

Cela ne décourage pas tous les clients.

— Qu'importe, tant que je peux retourner dans le passé, affirment-ils avec détermination.

Pourtant, lorsqu'ils apprennent la règle suivante, ils renoncent. Car elle stipule que rien de ce que l'on peut faire dans le passé n'influence le présent.

— Dans ce cas, aucun intérêt ! s'insurgent-ils.

Dans la vie, il y a les choses qu'on déplore avoir faites et celles qu'on se lamente de ne pas avoir accomplies.

Les actes et les paroles que l'on regrette ou dont on regrette les conséquences, que l'on ait blessé quelqu'un ou provoqué un malaise en avouant ses sentiments, appartiennent à la première catégorie.

La seconde correspond aux *j'aurais dû trouver les mots, si seulement je lui avais dit que je l'aimais, pourquoi ne suis-je pas intervenu ?*

Lorsqu'un client souhaite remonter le temps, c'est le plus souvent dans l'espoir de rectifier le tir. C'est pourquoi la plupart renoncent à leur projet dès qu'ils apprennent que leur démarche est vouée à l'échec.

Mais la liste des règles ne s'arrête pas là. Pour voyager dans le temps, il faut s'installer à une place précise, place qui est déjà occupée. Il est donc nécessaire d'attendre que la personne qui y est assise se lève pour aller aux toilettes.

Si par chance on parvient à se glisser sur le siège tant convoité et à se rendre dans le passé, non seulement il est interdit de quitter sa chaise, mais on ne peut revoir que des personnes qui ont déjà fréquenté l'établissement.

Une fois au courant, certains adoptent un ton soupçonneux :

— En réalité, il n'est pas possible de remonter le temps, si ?

Kazu ne les détrompe pas. Elle se contente de répondre, impassible :

— Vous avez peut-être raison.

La conversation s'arrête là. À quoi bon débattre ? C'est à chaque visiteur de décider s'il souhaite ou non tenter l'expérience et Kazu n'a pas envie de se fatiguer à essayer de les convaincre.

PAPIER CERTIFIÉ

Le Livre de Poche s'engage pour l'environnement en réduisant l'empreinte carbone de ses livres. Celle de cet exemplaire est de :
200 g éq. CO_2
Rendez-vous sur www.livredepoche-durable.fr

Composition réalisée par Lumina Datamatics, Inc.

Achevé d'imprimer en octobre 2025 en Espagne par
LIBERDUPLEX
Dépôt légal 1re publication : novembre 2025
LIBRAIRIE GÉNÉRALE FRANÇAISE
21, rue du Montparnasse – 75298 Paris Cedex 06
marketing@livredepoche.com

26/7510/3